孤独通向精神的两极，

一是绝望，一是无边的自由。

——冯骥才

灵魂需要独处

冯骥才 著

冯骥才散文精选集

贵州出版集团
贵州人民出版社

只 为 优 质 阅 读

往事总是被深夜的月光照亮。

山是凝固的波浪，水是流动的群山。

我尝过苦苦期待的滋味，

从深深的黑夜到千里以外的黎明。

老人在一个夕阳把他的银发照成金发的黄昏里，

忽然悟到：

全部人生，不过为了创造几件刻骨铭心的往事而已。

只要心有意态，笔有情氛，

信马由缰，收桨放舟，乱花飞絮，野溪奔流，一任天然。

夕阳挥舞着满天彩霞，

向大地上的山川万物告别。

我的心是山谷。

你所有声音都在我的山谷里长久不绝地回响。

只有阅尽人生，脱净了生命年华的叶子，

才会有眼前这小树林一般明澈。

只有这彻底的通彻，才能有此无边的安宁。

安宁不是安寐，而是一种博大而丰实的自享。

目 录

Contents

壹 浪头是舔舐融冰的小舌头

春天不是由远方来到眼前，不是由天外来到人间；
它深藏在万物生命中，从深处喷涌而出。

贰　夹在书缝中的生命落叶

书房里，夕阳穿窗而入。半空中的尘埃，闪闪发亮，缓缓游弋着，带回了岁月，带走了思绪。

叁　那身影总浮于柔和的朦胧中

走进巷子里，蓝色的夜如凉水，从面颊和臂膀旁滑溜溜流过，融进浓得化不开的芬芳里。

肆　足跟敲地，回声响在斑驳的石墙上

文化雕刻过的石头散布在山坡上，被时光一点点改造，
变得古旧、龟裂和剥落，也变得沉静、苍劲和深厚。

伍　艺术，将等闲变成幸福的力量

忧伤的音乐最容易进入心底，内心的图画最容易看清，饱满生活写出的文学最容易动人心魄。

陆　生活和理想混在一起，便有了年味

瓶子表示平安，金鱼表示富裕，桃子表示长寿，生活敷染了理想，顿时闪闪发光。

柒　物本无情，物皆有情

从属于生命的事物，一定会永远地记忆着生命的内容，特别是在生命消失之后。

壹……

浪头是舔舐融冰的小舌头

春天不是由远方来到眼前，不是由天外来到人间；
它深藏在万物生命中，从深处喷涌而出。

逼来的春天

那时，大地依然一派毫无松动的严冬景象，土地梆硬，树枝全抽搐着，害病似的打着冷战；雀儿们晒太阳时，羽毛奓开好像绒球，紧挤一起，彼此借着体温。你呢，面颊和耳朵边儿像要冻裂那样的疼痛……然而，你那冻得通红的鼻尖，迎着凛冽的风，却忽然闻到了春天的气味！

春天最先是闻到的。

这是一种什么气味？它令你一阵惊喜，一阵激动，一下子找到了明天也找到了昨天——那充满诱惑的明天和同样季节、同样感觉却流逝难返的昨天。可是，当你用力再去吸吮这空气时，这气味竟又没了！你放眼这死气沉沉冻结的世界，准会怀疑它不过是瞬间的错觉罢了。春天还被远远隔绝在地平线之外吧。

但最先来到人间的春意，总是被雄踞大地的严冬所拒绝、所稀释、所泯灭。正因为这样，每逢这春之将至的日子，人们会格外地兴奋、敏感和好奇。

如果你有这样的机会多好——天天来到这小湖边，你就能亲眼看到冬天究竟怎样退去，春天怎样到来，大自然究竟怎样完成这一年一度起死回生的最奇妙和最伟大的过渡。

但开始时，每瞧它一眼，都会换来绝望。这小湖干脆就是整整一块巨大无比的冰，牢牢实实，坚不可摧；它一直冻到湖底了吧？鱼儿全死了吧？灰白色的冰面在阳光反射里光芒刺目；小鸟从不敢在这寒气逼人的冰面上站一站。

逢到好天气，一连多天的日晒，冰面某些地方会融化成水，别以为春天就从这里开始。忽然一夜寒飙过去，转日又冻结成冰，恢复了那严酷肃杀的景象。若是风雪交加，冰面再盖上一层厚厚雪被，春天真像天边的情人，愈期待愈迷茫。

然而，一天，湖面一处，一大片冰面竟像沉船那样陷落下去，破碎的冰片斜插水里，好像出了什么事！这除非是用重物砸开的，可什么人、又为什么要这样做呢？但除此之外，并没发现任何异常的细节。那么你从这冰面无缘无故的坍塌中是否隐隐感到了什么……刚刚从裂开的冰洞里露出的湖水，漆黑又明亮，使你想起一双因为爱你而无限深邃又默默的眼睛。

这坍塌的冰洞是个奇迹，尽管寒潮来临，水面重新结冰，但在白日阳光的照耀下又很快地融化和洞开。冬的伤口难以愈合。冬的黑子出现了。

冬天与春天的界限是瓦解。

冰的坍塌不是冬的风景，而是隐形的春所创造的第一幅壮丽的图画。

跟着，另一处湖面，冰层又坍塌下去。一处、两处、三处……随后湖面中间闪现一条长长的裂痕，不等你确认它的原因和走向，居然又发现几条粗壮的裂痕从斜刺里交叉过来。开始这些裂痕发白，渐渐变黑，这表明裂痕里已经浸进湖水。某一天，你来到湖边，会止不住出声地惊叫起来，巨冰已经裂开！黑黑的湖水像打开两扇沉重的大门，把一分为二的巨冰推向两旁，终于袒露出自己阔大、光滑而迷人的胸膛……

这期间，你应该在岸边多待些时候。你就会发现，这漆黑而依旧冰冷的湖水泛起的涟漪，柔软又轻灵，与冬日的寒浪全然两样了。那些仍然覆盖湖面的冰层，不再光芒夺目，它们黯淡、晦涩、粗糙和发脏，表面一块块凹下去。有时，忽然“咔嚓”清脆的一响，跟着某一处，断裂的冰块应声漂移而去……尤其动人的，是那些在冰层下憋闷了长长一冬的大鱼，它们时而激情难耐，猛地蹦出水面，在阳光下银光闪烁打个“挺儿”，“哗啦”落入水中。你会深深感到，春天不是由远方来到眼前，不是由天外来到人间；它原是深藏在万物的生命之中的，它是从生命深处爆发出来的，它是生的欲望、生的能源与生的激情。它永远是死亡的背面。唯此，春天才是不可遏制的。它把酷烈的严冬作为自己的序曲，不管这序曲多么漫长。

追逐着凛冽的朔风的尾巴，总是明媚的春光；所有冻凝的冰的核儿，都是一滴春天的露珠；那封闭大地的白雪下边是什么？

你挥动大帚，扫去白雪，一准是连天的醉人的绿意……

你眼前终于出现这般景象：宽展的湖面上到处浮动着大大小小的冰块。这些冬的残骸被解脱出来的湖水戏弄着，今儿推到湖这边儿，明日又推到湖那边儿。早来的候鸟常常一群群落在浮冰上，像乘载游船，欣赏着日渐稀薄的冬意。这些浮冰不会马上消失，有时还会给一场春寒冻结在一起，霸道地凌驾湖上，重温昔日威严的梦。然而，春天的湖水既自信又有耐性，有信心才有耐性。它在这浮冰四周，扬起小小的浪头，好似许许多多温和而透明的小舌头，去舔弄着这些渐软渐松渐小的冰块……最后，整个湖中只剩下一块肥皂大小的冰片片了，湖水反而不急于吞没它，而是把它托举在浪波之上，摇摇晃晃，一起一伏，展示着严冬最终的悲哀、无助和无可奈何……终于，它消失了。冬，顿时也消失于天地间。这时你会发现，湖水并不黝黑，而是湛蓝湛蓝。它和天空一样的颜色。

天空是永远宁静的湖水，湖水是永难平静的天空。

春天一旦跨到地平线这边来，大地便换了一番风景，明朗又朦胧。它日日夜夜散发着一种气息，就像青年人身体散发出的气息。清新的、充沛的、诱惑而撩人的，这是生命本身的气息。大地的肌肤——泥土，松软而柔和；树枝再不抽搐，软软地在空中自由舒展，那纤细的枝梢无风时也颤悠悠地摇动，招呼着一个万物萌芽的季节的到来。小鸟们不必再奓开羽毛，个个变得光溜精灵，在高天上扇动阳光飞翔……湖水因为春潮涨满，仿佛与天更近；静静的云，说不清在天上还是在水里……湖边，湿漉漉的泥滩上，那些东倒西歪的去年的枯苇棵里，一些鲜绿夺目、又尖又硬的苇芽，破土而出，愈看愈多，有的地方竟已簇密成片了。你真惊奇！在这之前，它们竟逃过你细心的留意，一旦发现即已充满咄咄的生气了！难道这是一夜春风、一阵春雨或一日春晒，便齐刷刷钻出地面？来得又何其神速！这分明预示着，大自然囚禁了整整一冬的生命，要重新开始新的一轮竞争了。而它们，这些碧绿的针尖一般的苇芽，不仅叫你看到了崭新的生命，还叫你深刻地感受到生命的锐气、坚韧、迫切，还有生命和春的必然。

1994.3

苦夏

这一日，终于撂下扇子。来自天上干燥清爽的风，忽吹得我衣飞举，并从袖口和裤管钻进来，把周身滑溜溜地抚动。我惊讶地看着阳光下依旧夺目的风景，不明白数日前那个酷烈非常的夏天突然到哪里去了。

是我逃遁似的一步跳出了夏天，还是它就像一九七六年的“文革”那样——在一夜之间崩溃？

身居北方的人最大的福分，便是能感受到大自然的四季分明。我特别能理解一位新加坡朋友，每年冬天要到中国北方住上十天半个月，否则会一年里周身不适。好像不经过一次冷处理，他的身体就会发酵。他生在新加坡，祖籍中国河北；虽然人在“终年都是夏”的新加坡长大，血液里肯定还执着地潜在着大自然四季的节奏。

四季是来自宇宙的最大的拍节。在每一个拍节里，大地的景观便全然变换与更新。四季还赋予地球以诗，故而悟性极强的中国人，在四言绝句中确立的法则是：起，承，转，合。这四个字恰恰就是四季的本质。起始如春，承续似夏，转变若秋，合拢为冬。合在一起，不正是地球生命完整的一轮？为此，天地间一切生命全都依从着这一拍节，无论岁岁枯荣与生死的花草百虫，还是长命百岁的漫漫人生。然而在这生命的四季里，最壮美和最热烈的不是这长长的夏吗？

女人们孩提时的记忆散布在四季；男人们的童年往事大多是在夏天里。这由于，我们儿时的伴侣总是各种各样的昆虫。蜻蜓、天牛、蚂蚱、螳螂、蝴蝶、蝉、蚂蚁、蚯蚓，此外还有青蛙和鱼儿。它们都是夏日生活的主角；每种昆虫都给我们带来无穷的快乐。甚至我对家人和朋友们记忆最深刻的细节，也都与昆虫有关。比如妹妹一见到壁虎就发出一种特别恐怖的尖叫，比如邻家那个斜眼的男孩子专门残害蜻蜓，比如同班一个最好看的女生头上花形的发卡，总招来蝴蝶落在上边；再比如，父亲睡在铺了凉席的地板上，夜里翻身居然压死了一只蝎子。这不可思议的事使我感到父亲的无比强大。后来父亲挨斗，挨整，写检查；我劝慰和宽解他，怕他自杀，替他写检查——那是我最初写作的内容之一。这时候父亲那种强大感便不复存在。生活中的一切事物，包括夏天的意味全都发生了变化。

在快乐的童年里，根本不会感到蒸笼般夏天的难耐与难熬。唯有在此后艰难的人生里，才体会到苦夏的滋味。快乐把时光缩短，苦难把岁月拉长，一如这长长的仿佛没有尽头的苦夏。但我至今不喜欢谈自己往日的苦楚与磨砺。相反，我却从中领悟到

“苦”字的分量。苦，原是生活中的蜜。人生的一切收获都压在这沉甸甸的苦字的下边。然而一半的苦字下边又是一无所有。你用尽平生的力气，最终所获与初始时的愿望竟然去之千里。你该怎么想？

于是我懂得了这苦夏——它不是无尽头的暑热的折磨，而是我们顶着毒日头默默又坚忍的苦斗的本身。人生的力量全是对手给的，那就是要把对手的压力吸入自己的骨头里。强者之力最主要的是承受力。只有在匪夷所思的承受中才会感到自己属于强者，也许为此，我的写作一大半是在夏季。很多作家包括普希金不都是在爽朗而惬意的秋天里开花结果？我却每每进入炎热的夏季，反而写作力加倍地旺盛。我想，这一定是那些沉重的人生的苦夏，锻造出我这个反常的性格习惯。我太熟悉那种写作久了，汗湿的胳膊粘在书桌玻璃上的美妙无比的感觉。

在维瓦尔第的《四季》中，我常常只听“夏”的一章。它使我激动，胜过春之蓬发、秋之灿烂、冬之静穆。友人说“夏”的一章，极尽华丽之美。我说我从中感受到的，却是夏的苦涩与艰辛，甚至还有一点儿悲壮。友人说，我在这音乐情境里已经放进去太多自己的故事。我点点头，并告诉他我的音乐体验。音乐的最高境界是超越听觉；不只是它给你，更是你给它。

年年夏日，我都会这样体验一次夏的意义，从而激情迸发，心境昂然。一手撑着滚烫的酷暑，一手写下许多文字来。

今年我还发现，这伏夏不是被秋风吹去的，更不是给我们的扇子轰走的——

夏天是被它自己融化掉的。

因为，夏天的最后一刻，总是它酷热的极致。我明白了，它是耗尽自己的一切，才显示出夏的无边的威力。生命的快乐是能量淋漓尽致地发挥。但谁能像它这样，用一种自焚的形式，创造出这火一样辉煌的顶点？

于是，我充满了夏之崇拜！我要一连跨过眼前的辽阔的秋，悠长的冬和遥远的春，再一次邂逅你，我精神的无上境界——苦夏！

1999.8 天津

秋天的音乐

你每次上路出远门千万别忘记带上音乐，只要耳朵里有音乐，你一路上对景物的感受就全然变了。它不再是远远待在那里、无动于衷的样子，在音乐撩拨你心灵的同时，也把窗外的景物调弄得易感而动情。你被种种旋律和音响唤起的丰富的内心情绪，这些景物也全部神会地感应到了，它还随着你的情绪奇妙地进行自我再造。你振作它雄浑，你宁静它温存，你伤感它忧患，也许同时还给你加上一点人生甜蜜的慰藉，这是真正知友心神相融的交谈……河湾、山脚、烟光、云影、一草一木，所有细节都浓浓浸透你随同音乐而流动的情感，甚至它的一切都在为你变形，一幅幅不断变换地呈现出你心灵深处的画面。它使你一下子看到了久藏心底那些不具体、不成形、朦胧模糊或被时间湮没了的感受，于是你更深深坠入被感动的旋涡里，享受这画面、音乐和自己灵魂三者融为一体的特殊感受……

秋天十月，我松松垮垮地套上一件粗线毛衣，背个大挎包，去往东北最北部的大兴安岭。赶往火车站的路上，忽然发觉只带了录音机，却把音乐磁带忘记在家，恰巧路过一个朋友的住处，他是音乐迷，便跑进去向他借。他给我一盘说是新翻录的，都是“背景音乐”。我问他这是什么曲子，他怔了怔，看我一眼说：

“秋天的音乐。”

他多半随意一说，搪塞我。这曲名，也许是他看到我被秋风吹得松散飘扬的头发，灵机一动得来的。

火车一出山海关，我便戴上耳机听起这秋天的音乐。开端的旋律似乎熟悉，没等我怀疑它是不是真正地描述秋天，下巴发懒地一蹭粗软的毛衣领口；两只手搓一搓，让干燥的凉手背给湿润的热手心舒服地摩擦摩擦，整个身心就进入秋天才有的一种异样温暖甜醉的感受里了。

我把脸颊贴在窗玻璃上，挺凉，带着享受的渴望往车窗外望去，秋天的大自然展开一片辉煌灿烂的景象。阳光像钢琴明亮的音色洒在这收割过的田野上，整个大地像生过婴儿的母亲，幸福地舒展在开阔的晴空下，躺着，丰满而柔韧的躯体！从麦茬里裸露出浓厚的红褐色是大地母亲健壮的肤色；所有树林都在炎夏的竞争中把自己的精力膨胀到头，此刻自在自如地伸展它优美的枝条；所有金色的叶子都是它的果实，一任秋风翻动，煌煌夸耀着秋天的富有。真正的富有感，是属于创造者的；真正的创造者，才有这种潇洒而悠然的风度……一只鸟儿随着一个轻扬的小提琴旋律腾空飞起，它把我引向无穷纯净的天空。任何情绪一入天空便化作一片博大的安寂。这愈看愈大的天空有如伟大哲人恢宏的头颅，白云是他的思想。有时风云交会，会闪出一道智慧的灵光，响起一句警示世人的哲理。此时，哲人也累了，沉浸在秋天的松弛里。它高远，平和，神秘无限。大大小小、松松散散的云彩是他思想的片断，而片断才是最美的，无论思想还是情感……这千形万状精美的片断伴同空灵的音响，在我眼前流过，还在阳光里洁白耀眼。那乘着小提琴旋律的鸟儿一直钻向云天，愈高愈小，最后变成一个极小的黑点儿，忽然“噗”地扎入一个巨大、蓬松、发亮的云团……

我陡然想起一句话：

“我一扑向你，就感到无限温柔啊。”

我还想起我的一句话：

“我睡在你的梦里。”

那是一个清明的早晨，在实实在在酣睡一夜醒来时，正好看见枕旁你朦胧的、散发着香气的脸说的。你笑了，就像荷塘里、雨里、雾里悄然张开的一朵淡淡的花。

接下去的温情和弦，带来一片疏淡的田园风景。秋天消解了大地的绿，用它中性的调子，把一切色泽调匀。和谐又高贵，平稳又舒畅，只有收获过了的秋天才能这样静谧安详。几座闪闪发光的麦秸垛，一缕银蓝色半透明的炊烟，这儿一棵那儿一棵怡然自得站在平原上的树，这儿一只那儿一只慢吞吞吃草的杂色的牛。在弦乐的烘托中，我心底渐渐浮起一张又静又美的脸。我曾经用吻，像画家用笔那样勾勒过这张脸：轮廓、眉毛、眼睛、嘴唇……这样的勾画异常奇妙，无形却深刻地记住。你嘴角的小涡、颤动的睫毛、鼓脑门和尖俏下巴上那极小而光洁的平面……近景从眼前疾掠而过，远景跟着我缓缓向前，大地像唱片慢慢旋转，耳朵里不绝地响着这曲人间牧歌。

一株垂死的老树一点点走进这巨大唱片的中间来。它的根像唱针，在大自然深处划出一支忧伤的曲调。心中的光线和风景的光线一同转暗，即使一湾河水强烈的反光，也清冷，也刺目，也凄凉。一切阴影都化为行将垂暮秋天的愁绪；萧疏的万物失去往日共荣的激情，各自挽着生命的孤单；篱笆后一朵迟开的小葵花，像你告别时在人群中伸出的最后一次招手，跟着被轰隆隆前奔的列车甩到后边……春的萌动、战栗、骚乱，夏的喧闹、蓬勃、繁华，全都消匿而去，无可挽回。不管它曾经怎样辉煌，怎样骄傲，怎样光芒四射，怎样自豪地挥霍自己的精力与才华，毕竟过往不复。人生是一次性的；生命以时间为载体，这就决定了人类以死亡为结局的必然悲剧。谁能把昨天和前天追回来，哪怕再经受一次痛苦的诀别也是幸福，还有那做过许多傻事的童年，年轻的母亲和初恋的梦，都与这老了的秋天去之遥远了。一种浓重的忧伤混同音乐漫无边际地散开，渲染着满目风光。我忽然想喊，想叫这列车停住，倒回去！

突然，一条大道纵向冲出去，黄昏中它闪闪发光，如同一支号角嘹亮吹响，声音唤来一大片拔地而起的森林，像一支金灿灿的铜管乐队，奏着庄严的乐曲走进视野。来不及分清这是音乐还是画面变换的缘故，心境陡然一变，刚刚的忧愁一扫而光。当浓林深处一棵棵依然葱绿的幼树晃过，我忽然醒悟，秋天的凋谢全是假象！

它不过在寒飙来临之前把生命掩藏起来，把绿意埋在地下，在冬日的雪被下积蓄与浓缩，等待下一个春天里，再一次加倍地挥洒与铺张！远远的山坡上，坟茔，在夕照里像一堆火，神奇又神秘，它哪里是埋葬的一具尸体或一个孤魂？既然每个生命都在创造了另一个生命后离去，什么叫作死亡？死亡，不仅仅是一种生命的转换、旋律的变化、画面的更迭吗？那么世间还有什么比死亡更庄严、更神圣、更迷人！为了再生而奉献自己的伟大的死亡啊……

秋天的音乐已如圣殿的声音；这壮美崇高的轰响，把我全部身心都裹住、都净化了。我惊奇地感觉自己像玻璃一样透明。

这时，忽见对面坐着两位老人，正在亲密交谈。残阳把他俩的脸晒得好红，条条皱纹都像画上去的那么清楚。人生的秋天！他们把自己的青春年华、所有精力为这世界付出，连同头发里的色素也将耗尽，那满头银丝不是人间最值得珍惜的吗？我瞧着他俩相互凑近、轻轻谈话的样子，不觉生出满心的爱来，真想对他俩说些美好的话。我摘下耳机，未及开口，却听他们正议论关于单位里上级和下级的事，哪个连着哪个，哪个与哪个明争暗斗，哪个可靠和哪个更不可靠，哪个是后患而必须……我惊呆了，以致再不能听下去，赶快重新戴上耳机，打开音乐，再听，再放眼窗外的景物。奇怪！这一次，秋天的音乐，那些感觉，全没了。

“艺术原本是欺骗人生的。”

在我返回家，把这盘录音带送还给我那朋友时，把这话告他。

他不知道我为何得到这样的结论，我也不知道他为何对我说：

“艺术其实是安慰人生的。”

1989.4.28

冬日絮语

每每到了冬日，才能实实在在触摸到岁月。年是冬日中间的分界。有了这分界，便在年前感到岁月一天天变短，直到残剩无多！过了年忽然又有大把的日子，成了时光的富翁，一下子真的大有可为了。

岁月是用时光来计算的。那么时光又在哪里？在钟表上，日历上，还是行走在窗前的阳光里？

窗子是房屋最迷人的镜框。节候变换着镜框里的风景。冬意最浓的那些天，屋里的热气和窗外的阳光一起努力，将冻结在玻璃上的冰雪融化；它总是先从中间化开，向四边蔓延。透过这美妙的冰洞，我发现原来严冬的世界才是最明亮的。那一如人的青春的盛夏，总有阴影遮翳，葱茏却幽暗。小树林又何曾有这般光明？我忽然对老人这个概念生了敬意。只有阅尽人生，脱净了生命年华的叶子，才会有眼前这小树林一般明澈。只有这彻底的通彻，才能有此无边的安宁。安宁不是安寐，而是一种博大而丰实的自享。世间唯有创造者所拥有的自享才是人生真正的幸福。

朋友送来一盆“香棒”，放在我的窗台上说：“看吧，多漂亮的大叶子！”

这叶子像一只只绿色光亮的大手，伸出来，叫人欣赏。逆光中，它的叶筋舒展着舒畅又潇洒的线条。一种奇特的感觉出现了！严寒占据窗外，丰腴的春天却在我的房中怡然自得。

自从有了这盆“香棒”，我才发现我的书房竟有如此灿烂的阳光。它照进并充满每一片叶子和每一根叶梗，把它们变得像碧玉一样纯净、通亮、圣洁。我还看见绿色的汁液在通明的叶子里流动，这汁液就是血液。人的血液是鲜红的，植物的血液是碧绿的，心灵的血液是透明的，因为世界的纯洁来自心灵的透明。但是为什么我们每个人都说自己纯洁，而整个世界却仍旧一片混沌呢？

我还发现，这光亮的叶子并不是为了表示自己的存在，而是为了证实阳光的明媚、阳光的魅力、阳光的神奇。任何事物都同时证实着另一个事物的存在。伟大的出现说明庸人的无所不在；分离愈远的情人，愈显示了他们的心丝毫没有分离；小人的恶言恶语不恰好表达你的高不可攀和无法企及吗？而骗子无法从你身上骗走的，正是你那无比珍贵的单纯。老人的生命愈来愈短，还是他生命的道路愈来愈长？生命的计量，在于它的长度，还是宽度与深度？

冬日里，太阳环绕地球的轨道变得又斜又低。夏天里，阳光的双足最多只是站在我的窗台上，现在却长驱直入，直射在我北面的墙壁上。一尊唐代的木佛一直伫立在阴影里沉思，此刻迎着一束光芒无声地微笑了。

阳光还要充满我的世界，它化为闪闪烁烁的光雾，朝着四周的阴暗的地方浸染。阴影又执着又调皮，阳光照到哪里，它就立刻躲到光的背后。而愈是幽暗的地方，愈能看见被阳光照得晶晶发光的游动的尘埃。这令我十分迷惑：黑暗与光明的界限究竟在哪里？黑夜与晨曦的界限呢？来自早醒的鸟第一声的啼叫吗……这叫声由于被晨露滋润而异样地清亮。

但是，有一种光可以透入幽闭的暗处，那便是从音箱里散发出来的闪光的琴音。鲁宾斯坦的手不是在弹琴，而是在摸索你的心灵；他还用手思索，用手感应，用手触动色彩，用手试探生命世界最敏感的悟性……琴音是不同的亮色，它们像明明灭灭、强强弱弱的光束，散布在空间！那些旋律片段好似一些金色的鸟，扇着翅膀，飞进布满阴影的地方。有时，它会在一阵轰响里，关闭了整个地球上的灯或者创造出一个辉煌夺目的太阳。我便在一张寄给远方的失意朋友的新年贺卡上，写了一句话：

你想得到的一切安慰都在音乐里。

冬日里最令人莫解的还是天空。

盛夏里，有时乌云四合，那即将被峥嵘的云吞没的最后一块蓝天，好似天空的一个洞，无穷地深远。而现在整个天空全成了这样，在你头顶上无边无际地展开！空阔、高远、清澈、庄严！除去少有的飘雪的日子，大多数时间连一点点云丝也没有，鸟儿也不敢飞上去，这不仅由于它冷冽寥廓，而是因为它大得……大得叫你一仰起头就感到自己的渺小。只有在夜间，寒空中才有星星闪烁。这星星是宇宙间点灯的驿站。万古以来，是谁不停歇地从一个驿站奔向下一个驿站？为谁送信？为了宇宙间那一桩永恒的爱吗？

我从大地注视着这冬天的脚步，看看它究竟怎样一步步、沿着哪个方向一直走到春天？

1995.12.28一稿　1996.1.18二稿

珍珠鸟

真好！朋友送我一对珍珠鸟。放在一个简易的竹条编成的笼子里，笼内还有一卷干草，那是小鸟舒适又温暖的巢。

有人说，这是一种怕人的鸟。

我把它挂在窗前。那儿还有一盆异常茂盛的法国吊兰。我便用吊兰长长的、串生着小绿叶的垂蔓蒙盖在鸟笼上，它们就像躲进深幽的丛林一样安全；从中传出的笛儿般又细又亮的叫声，也就格外轻松自在了。

阳光从窗外射入，透过这里，吊兰那些无数指甲状的小叶，一半成了黑影，一半被照透，如同碧玉；斑斑驳驳，生意葱茏。小鸟的影子就在这中间隐约闪动，看不完整，有时连笼子也看不出，却见它们可爱的鲜红小嘴儿从绿叶中伸出来。

我很少扒开叶蔓瞧它们，它们便渐渐敢伸出小脑袋瞅瞅我。我们就这样一点点熟悉了。

三个月后，那一团越发繁茂的绿蔓里边，发出一种尖细又娇嫩的鸣叫。我猜到，是它们，有了雏儿。我呢？决不掀开叶片往里看，连添食加水时也不睁大好奇的眼去惊动它们。过不多久，忽然有一个小脑袋从叶间探出来。更小哟，雏儿！正是这个小家伙！

它小，就能轻易地由疏格的笼子钻出身。瞧，多么像它的母亲；红嘴红脚，灰蓝色的毛，只是后背还没有生出珍珠似的圆圆的白点；它好肥，整个身子好像一个蓬松的球儿。

起先，这小家伙只在笼子四周活动，随后就在屋里飞来飞去，一会儿落在柜顶上，一会儿神气十足地站在书架上，啄着书背上那些大文豪的名字；一会儿把灯绳撞得来回摇动，跟着跳到画框上去了。只要大鸟在笼里生气地叫一声，它立即飞回笼里去。

我不管它。这样久了，打开窗子，它最多只在窗框上站一会儿，决不飞出去。

渐渐它胆子大了，就落在我书桌上。

它先是离我较远，见我不去伤害它，便一点点挨近，然后蹦到我的杯子上，俯下头来喝茶，再偏过脸瞧瞧我的反应。我只是微微一笑，依旧写东西，它就放开胆子跑到稿纸上，绕着我的笔尖蹦来蹦去；跳动的小红爪子在纸上发出嚓嚓响。

我不动声色地写，默默享受着这小家伙亲近的情意。这样，它完全放心了。索性用那涂了蜡似的、角质的小红嘴，“嗒嗒”地啄着我颤动的笔尖。我用手抚一抚它细腻的绒毛，它也不怕，反而友好地啄两下我的手指。

有一次，它居然跳进我的空茶杯里，隔着透明光亮的玻璃瞅我。它不怕我突然把杯口捂住。是的，我不会。

白天，它这样淘气地陪伴我；天色入暮，它就在父母的再三呼唤声中，飞向笼子，扭动滚圆的身子，挤开那些绿叶钻进去。

有一天，我伏案写作时，它居然落到我的肩上。我手中的笔不觉停了，生怕惊跑它。待一会儿，扭头看，这小家伙竟趴在我的肩头睡着了，银灰色的眼睑盖住眸子，小红脚刚好给胸脯上长长的绒毛盖住。我轻轻抬一抬肩，它没醒，睡得好熟！还咂咂嘴，难道在做梦！

我笔尖一动，流泻下一时的感受：

信赖，往往创造出美好的境界。

1984.1 天津

麻雀

这种褐色、带斑点、乌黑的尖嘴小鸟，为什么要在城市里落居为生，我想，一定有个生动并颇含哲理意味的故事。不过这故事只能虚构了。

这是群精明的家伙。贼头贼脑，又机警，又多疑，似乎心眼儿极多，北方人称它们为“老家贼”。

它们从来不肯在金丝笼里美餐一顿精米细食，也不肯在镀银的鸟架上稍息片刻。如果捉它一只，拴上绳子，它就要朝着明亮的窗子，一边尖叫，一边胡乱扑飞；飞累了，就垂下来，像一个秤锤，还张着嘴喘气。第二天早上，它已经伸直腿，闭上眼死掉了。它没有任何可驯性，因此它不是家禽。

它们不像燕子那样，在人檐下搭窝。而是筑巢在高楼的犄角；或者在光秃秃的大墙中间，脱落掉一两块砖的洞眼儿里。在那儿，远远可见一些黄黄的草，五月间，便由那里传出雏雀儿一声声柔细的鸣叫。这些巢儿总是离地很远，又高又险，人手摸不到的地方。

经常同人打交道，它懂得人的恶意。只要飞进人的屋子，人们总是先把窗子关上，然后连扑带打，跳上跳下，把它捉住，拿出去给孩子们玩弄，直到它死掉。从来没有人打开窗子放它飞去。因此，一辈辈麻雀传下来的一个警句，就是：不要轻易相信人。麻雀生来就不相信人。它长着土的颜色，为了混淆人的注意力。它活着，提心吊胆，没有一刻得以安心。逆境中磨炼出来的聪明，是它活下去的本领。它们几千年来生活在人间，精明成了它们必备的本领。你看，所有麻雀不都是这样吗？春去秋来的候鸟黄莺儿，每每经过城市都要死去一批，麻雀却在人间活下来。

它们每时每刻都在躲闪人，不叫人接近它们，哪怕那个人并没看见它，它也赶忙逃掉；它要在人间觅食，还要识破人们布下的种种圈套，诸如支起的箩筐、挂在树上的铁夹子、张在空间的透明的网等，并且在这上边、下边、旁边撒下一些香喷喷的米粒面渣。还有那些特别智巧的人发明的一种又一种奇特的新捕具。

有时地上有一粒遗落的米，亮晶晶的，那么富于魅力地诱惑着它。它只能用饥渴的眼睛远远盯着它，却没有飞过去叼起来的勇气。它盯着，叫着，然后腾身而去——这因为它看见了无关的东西在晃动，惹起它的疑心或警觉；或者无端端地害怕起来。它把自己吓跑。这样便经常失去饱腹的机会，同时也免除了一些可能致死的灾难。

这种活在人间的鸟儿，长得细长精瘦，有一双显得过大的黑眼睛，目光却十分锐利。由于时时提防人，反而要处处盯着人的一举一动。脑袋仿佛一刻不停地转动着，机警地左顾右盼；起飞的动作有如闪电，而且具有长久不息的飞行耐力。

它们总是吃不饱，需要往返不停地奔跑，而且见到东西就得快吃。有时却不能吃，那是要叼回窝去喂饱羽毛未丰的雏雀儿。

雏雀儿长齐翅膀，刚刚学飞时，是异常危险的。它们跌跌撞撞，落到地上，就要遭难于人们的手中。更可怕的是，这些天真的幼雀，总把人料想得不够坏。因此，大麻雀时常对它们发出警告。诗人们曾以为鸟儿呢喃是一种开心的歌唱。实际上，麻雀一生的喊叫中，一半是对同伴发出的警戒的呼叫。这鸣叫里包含着惊心和紧张。人可以把夜莺儿的鸣叫学得乱真，却永远学不会这种生存在人间的小鸟的语言。

愉快的声调是单纯的，痛苦的声音有时很奇特；喉咙里的音调容易仿效，心里的声响却永远无法模拟。

如果雏雀被人捉到，大麻雀就会置生死于度外地扑来营救。因此人们常把雏雀捉来拴好，要弄得它“吱吱”叫喊，旁边设下埋伏，来引大麻雀入网。这种利用血缘情感来捕杀麻雀，是万无一失的。每每此时，大麻雀总是失去理智地扑去，结果做了人们晚间酒桌上一碟新鲜的佳肴。

在这些小生命中间，充满了惊吓、危险、饥荒、意外袭击和一桩桩想起来后怕的事，以及难得的机遇——院角一撮生霉的米。

它们这样劳碌奔波，终日躲避灾难，只为了不入笼中，而在各处野飞野跑。大多数鸟儿都习惯一方天地的笼中生活，用一身招徕人喜欢的羽翼，耍着花腔，换得温饱。唯有麻雀甘心在风风雨雨中，过着饥饿疲惫又担惊受怕的日子。人憎恶麻雀的天性。凡是人不能喂养的鸟儿，都称作“野鸟”。

但野鸟可以飞来飞去；可以直上云端，徜徉在凉爽的雨云边；可以掠过镜子一样的水面；还可以站在钻满绿芽的春树枝头抖一抖疲乏的翅膀。可以像笼鸟们梦想的那样。

到了冬天，人们关了窗子，把房内烧暖，麻雀更有一番艰辛，寒冽的风整天吹着它们。尤其是大雪盖严大地，见不到食物，它们常常忍着饥肠饿肚，一串串地落在人家院中的晾衣绳上，瑟缩着头，细细的脚给肚子的毛盖着。北风吹着它们的胸脯，远看像一个个褐色的绒球。同时它们的脑袋仍在不停地转动，还在不失对人为不幸的警觉。

哎，朋友，如果你现在看见，一群麻雀正在窗外一家楼顶熏黑的烟囱后边一声声叫着，你该怎么想呢？

1970.2写　1982.6整理

贰……

夹在书缝中的生命落叶

书房里，夕阳穿窗而入。

半空中的尘埃，闪闪发亮，缓缓游弋着，

带回了岁月，带走了思绪。

日历

我喜欢用日历，不用月历。为什么？

厚厚的一本日历是整整一年的日子。每扯下一页，它新的一页——光亮而开阔的一天便笑嘻嘻地等着我去填满。我喜欢日历每一页后边的“明天”的未知，还隐含着一种希望。“明天”乃是人生中最富魅力的字眼儿。生命的定义就是拥有明天。它不像“未来”那么过于遥远与空洞。它就守候在门外。走出了今天便进入了全新的明天。白天和黑夜的界线是灯光；明天与今天的界线还是灯光。每一个明天都是从灯光熄灭时开始的。那么明天会怎样呢？当然，多半还要看你自己的。你快乐它就是快乐的一天，你无聊它就是无聊的一天，你匆忙它就是匆忙的一天；如果你静下心来就会发现，你不能改变昨天，但你可以决定明天。有时看起来你很被动，你被生活所选择，其实你也在选择生活，是不是？

每年元月元日，我都把一本新日历挂在墙上。随手一翻，光溜溜的纸页花花绿绿滑过手心，散发着油墨的芬芳。这一刹那我心头十分快活。我居然有这么大把大把的日子！我可以做多少事情！前边的日子就像一个个空间，生机勃勃，宽阔无边，迎面而来。我发现时间也是一种空间。历史不是一种空间吗？人的一生不是一个漫长又巨大的空间吗？一个个“明天”，不就像是一间间空屋子吗？那就要看你把什么东西搬进来。可是，时间的空间是无形的，触摸不到的。凡是使用过的日子，立即就会消失，抓也抓不住，而且了无痕迹。也许正是这样，我们便会感受到岁月的匆匆与虚无。

有一次，一位很著名的表演艺术家对我讲她和她的丈夫的一件事。她唱戏，丈夫拉弦。他们很敬业。天天忙着上妆上台，下台下妆，谁也顾不上认真看对方一眼，几十年就这样过去了。一天老伴忽然惊讶地对她说：“哎哟，你怎么老了呢！你什么时候才老的呀？我一直都在你身边怎么也没发现哪！”她受不了老伴脸上那种伤感的神情。她就去做了美容，除了皱，还除去眼袋。但老伴一看，竟然流下泪来。时针是从来不会逆转的。倒行逆施的只有人类自己的社会与历史。于是，光阴岁月，就像一阵阵呼呼的风或是闪闪烁烁的流光；它最终留给你的只有因无奈而频生的白发和消耗中日见衰弱的身躯。为此，你每扯去一页用过的日历时，是不是觉得有点儿像扯掉一个生命的页码？

我不能天天都从容地扯下一页。特别是忙碌起来，或者从什么地方开会、活动、考察、访问归来，看见几页或十几页过往的日子挂在那里，黯淡、沉寂和没用；被时间掀过的日历好似废纸。可是当我把这一叠用过的日子扯下来，往往不忍丢掉，而把它们塞在书架的缝隙或夹在画册中间。就像从地上拾起的落叶。它们是我生命的落叶！

别忘了，我们的每一天都曾经生活在这一页一页的日历上。

记得一九七六年唐山大地震那天，我住在长沙路思治里十二号那个顶层上的亭子间被彻底摇散，震毁。我一家三口像老鼠那样找一个洞爬了出来。当我的双腿血淋淋地站在洞外，那感觉真像从死神的指缝里侥幸地逃脱出来。转过两天，我向朋友借了一架方形铁盒子般的海鸥牌相机，爬上我那座狼咬狗啃废墟般的破楼，钻进我的房间——实际上已经没有屋顶。我将自己命运所遭遇的惨状拍摄下来，我要记下这一切。我清楚地知道这是我个人独有的经历。这时，突然发现一堵残墙上居然还挂着日历——那蒙满灰土的日历的日子正是地震那一天：一九七六年七月二十八日，星期三，丙辰年七月初二。我伸手把它小心地扯下来。如今，它和我当时拍下的照片，已经成了我个人生命史刻骨铭心的珍藏了。

由此，我懂得了日历的意义。它原是我们生命忠实的记录。从“隐形写作”的含义上说，日历是一本日记。它无形地记载我每一天遭遇的、面临的、经受的，以及我本人的应对与所作所为，还有改变我的和被我改变的。

然而人生的大部分日子是重复的——重复的工作与人际，重复的事物与相同的事物都很难被记忆。所以我们的日历大多页码都是黯淡无光。过后想起来，好似空洞无物。于是，我们就碰到一个非常重要的关于人本的话题——记忆。人因为记忆而厚重、智慧和变得理智。更重要的是，记忆使人变得独特。因为记忆排斥平庸。记忆的事物都是纯粹而深刻个人化的。所有个人都是一个独特的“个案”。记忆很像艺术家，潜在心中，专事刻画我们自己的独特性。你是否把自己这个“独特”看得很重要？广义地说，精神事物的真正价值正是它的独特性。无论是一个人，还是一种文化。记忆依靠载体。一个城市的记忆留在它历史的街区与建筑上，一个人的记忆在他的照片上、物品里、老歌老曲中，也在日历上。

然而，人不能只是被动地被记忆，我们还要用行为去创造记忆。我们要用情感、忠诚、爱心、责任感，以及创造性的劳动去书写每一天的日历。把这一天深深嵌入记忆里。我们不是有能力使自己的人生丰富、充实以及具有深度和分量吗？

所以我写过：

“生活就是创造每一天。”

我还在一次艺术家的聚会中说：

“我们今天为之努力的，都是为了明天的回忆。”

为此，每每到了一年最后的几天，我都是不肯再去扯日历。我总把这最后几页保存下来。这可能出于生命的本能。我不愿意把日子花得精光。你一定会笑我，并问我这样就能保存住日子吗？我便把自己在今年日历的最后一页上写的四句诗拿给你看：

岁月何其速，
哎呀又一年，
花叶全无迹，
存世唯诗篇。

正像保存葡萄最好的方式是把葡萄变为酒；保存岁月最好的方式是致力把岁月变为永存的诗篇或画卷。

现在我来回答文章开始时那个问题：为什么我喜欢日历？因为日历具有生命感。或者说日历叫我随时感知自己的生命并叫我思考如何珍惜它。

2002.12.28

空信箱

我的信箱挂在大门上，门板掏个长形的洞，信打外边塞进来。只要听邮递员“叮叮”一拨车铃，马上跑去打开，一封信悄然沉静地立在箱子里。天蓝色的信封像一块天空，牛皮纸褐色的信封像一片泥板，沉甸甸。扯开信时的心情总是急渴渴，不知里边装着的是意外是倾诉是愁苦是体贴是欢愉是求助，或是火一样的恋情烟一样的思绪带子一样扯不断的思念。天南地北海角天涯朋友们的行踪消息全靠它了。

有时等信等得好苦，一天几次去打开它，总以为错过了邮递员的铃，打开却是空的。我最怕它空空洞洞冷冷清清的样子。我的院墙高，门也高，阳光跨不进来，外边世界的兴衰枯荣常常由它告诉我；打开信箱，里边有时几团柳絮几片落花几个干卷的叶子，还有洁白的雪深暗的雨点。它们是从投信孔钻进来的。有时随着开门的气流，几朵蒲公英的种子“噗”地毛茸茸地扑在脸上，然后飘飘摇摇飞升，在高高的阳光里闪着，有如银羽。目光便随它投向淡淡的天，亮的云。春天也到达我塞外朋友那里了吧，我陷入一片温馨的痴想……

它是拿几块木板草草钉上的，没涂漆，日晒雨淋，到处开裂，但没有任何箱子比它盛得更多。

它是我生活的一部分，也就是我心的一部分。

用心生活是累人的，但唯此才幸福。

大灾难把我这部分扯去。信箱的门儿叫一个无知的孩子掰掉。箱子的四边像个方木框残留那里。一连几个月等不到邮递员铃的召唤，朋友们的命运都会碰到什么？

我这才懂得，心不相连人极远。

它空在那儿，似乎比我还空。

可是……奇迹出现了。一天天暮，夕阳打投信孔照进来。我院子头一次有阳光。先是在长条形洞孔迷蒙灿烂地流连一会儿，便落到墙脚，向例最暗最潮最阴冷的地方，把满地青苔照得鲜碧如洗，俯下身看，好像一片清晰雨后的草原，极美。随后这光就沿着墙根一条砖一条砖往上爬，直爬到第五条砖，停住，几只蚂蚁也停在那里默默享受这世界最后的暖意和光明。不知不觉这光变得渐细渐淡直到无声无息地熄灭。整个信箱变成一块方形的黑影。盯着它看，就会一直走进空无一物的宇宙。

蜘蛛开始在信箱里拉网了，上下左右，横来斜去，它们何以这样放胆在这儿安家？天一凉，秋叶钻进来，落在蛛网上。金色的船，银色的渔网，一层网一层船，原来寂寞也会创造诗。诗人从来不会创造寂寞。

忽然一天，“叮叮”，我心一亮，邮递员，信！

跑出去，远远就见白白的一封信稳稳竖在箱中。过去一捏，厚厚的，千言万语，一个几次梦到的朋友寄来的。一拿，却有股微微的力往回扯，是黏黏带点儿韧劲的蛛丝。再拉，蛛丝没断却拉得又长又直，极亮，还微微抖颤，上边船形的黄叶子全在一斜一直、一直一斜来回扭动。一如五线谱上甜蜜的旋律，无声地响起来……

昨夜我忽然梦到这许久以前的情景，一条条长长亮闪闪的蛛丝，来回扭动的黄叶子，我梦得好逼真，连拉蛛丝时那股子韧劲都感觉到了。心里有点儿奇怪，可我断言这是我有生以来最美的一个梦境。

1986.12.30天津

时光

一岁将尽，便进入一种此间特有的情氛中。平日里奔波忙碌，只觉得时间的紧迫，很难感受到“时光”的存在。时间属于现实，时光属于人生。然而到了年终时分，时光的感觉乍然出现。它短促、有限、性急，你在后边追它，却始终抓不到它飘举的衣袂。它飞也似的向着年的终点扎去。等到你真的将它超越，年已经过去，那一大片时光便留在过往不复的岁月里了。

今晚突然停电，摸黑点起蜡烛。烛光如同光明的花苞，宁静地浮在漆黑的空间里；室内无风，这光之花苞便分外优雅与美丽；些许的光散布开来，朦胧依稀地勾勒出周边的事物。没有电就没有音乐相伴，但我有比音乐更好的伴侣——思考。

可是对于生活最具悟性的，不是思想者，而是普通大众。比如大众俗语中，把临近年终这几天称作“年根儿”，多么真切和形象！它叫我们顿时发觉，一棵本来是绿意盈盈的岁月之树，已被我们消耗殆尽，只剩下一点点根底。时光竟然这样的紧迫、拮据与深浓……

一下子，一年里经历过的种种事物的影像全都重叠地堆在眼前。不管这些事情怎样庞杂与艰辛，无奈与突兀。我更想从中找到自己的足痕。从春天落英缤纷的京都退藏到冬日小雨空蒙的雅典德尔菲遗址；从重庆荒芜的红卫兵墓到津南那条神奇的蛤蜊堤；从一个会场到另一个会场，一个活动到另一个活动中；究竟哪一些足迹至今清晰犹在，哪一些足迹杂沓模糊甚至早被时光干干净净一抹而去？

我瞪着眼前的重重黑影，使劲看去。就在烛光散布的尽头，忽然看到一双眼睛正直对着我。目光冷峻锐利，逼视而来。这原是我放在那里的一尊木雕的北宋天王像，然而此刻他的目光却变得分外有力。它何以穿过夜的浓雾，穿过漫长的八百年，锐不可当、拷问似的直视着任何敢于朝他瞧上一眼的人？显然，是由于八百年前那位不知名的民间雕工传神的本领、非凡的才气；他还把一种阳刚正气和直逼邪恶的精神注入其中。如今那位无名雕工早已了无踪影，然而他那令人震撼的生命精神却保存下来。

在这里，时光不是分毫不曾消逝吗？

植物死了，把它的生命留在种子里；诗人离去，把他的生命留在诗句里。

时光对于人，其实就是生命的过程。当生命走到终点，不一定消失得没有痕迹，有时它还会转化为另一种形态存在或再生。母与子的生命的转换，不就在延续着整个人类吗？再造生命，才是最伟大的生命奇迹。而此中，艺术家们应是最幸福的一种。唯有他们能用自己的生命去再造一个新的生命。小说家再造的是代代相传的人物；作曲家再造的是他们那个可以听到的迷人而永在的灵魂。

此刻，我的眸子闪闪发亮，视野开阔，房间里的一切艺术珍品都一点点地呈现。它们不是被烛光照亮，而是被我陡然觉醒的心智召唤出来的。

其实我最清晰和最深刻的足迹，应是书桌下边，水泥的地面上那两个被自己的双足磨成的浅坑。我的时光只有被安顿在这里，它才不会消失，而被我转化成一个个独异又鲜活的生命，以及一行行永不褪色的文字。然而我一年里把多少时光抛入尘嚣，或是支付给种种一闪即逝的虚幻的社会场景。甚至有时属于自己的时光反成了别人的恩赐。检阅一下自己创造的人物吧，掂量他们的寿命有多长。艺术家的生命是用他艺术的生命计量的。每个艺术家都有可能达到永恒，放弃掉的只能是自己。是不是？

迎面那宋代天王瞪着我，等我回答。

我无言以对，尴尬到了自感狼狈。

忽然，电来了，灯光大亮，事物通明，恍如更换天地。刚才那片幽阔深远的思想世界顿时不在，唯有烛火空自燃烧，显得多余。再看那宋代的天王像，在灯光里仿佛换了一个神气，不再那样咄咄逼人了。

我也不用回答他，因为我已经回答自己了。

1998.1.19寒夜

夕照透入书房

我常常在黄昏时分，坐在书房里，享受夕照穿窗而入带来的那一种异样的神奇。

此刻，书房已经暗下来。到处堆放的书籍文稿以及艺术品重重叠叠地隐没在阴影里。

暮时的阳光，已经失去了白日里的咄咄逼人；它变得很温和，很红，好像一种橘色的灯光，不管什么东西给它一照，全都分外的美丽。首先是窗台上那盆已经衰败的藤草，此刻像镀了金一样，蓬勃发光；跟着是书桌上的玻璃灯罩，亮闪闪的，仿佛打开了灯；然后，这一大片橙色的夕照带着窗棂和外边的树影，斑斑驳驳投射在东墙那边一排大书架上。阴影的地方书皆晦暗，光照的地方连书脊上的文字也看得异常分明。《傅雷文集》的书名是烫金的，金灿灿地放着光芒，好像在骄傲地说："我可以永存。"

怎样的事物才能真正地永存？阿房宫和华清池都已片瓦不留，李杜的名句和老庄的格言却一字不误地镌刻在每个华人的心里。世上延绵最久的还是非物质的——思想与精神。能够准确地记忆思想的只有文字。所以说，文字是我们的生命。

当夕阳移到我的桌面上，每件案头物品都变得妙不可言。一尊苏格拉底的小雕像隐在暗中，一束细细的光芒从一丛笔杆的缝隙中穿过，停在他的嘴唇之间，似乎想撬开他的嘴巴，听一听这位古希腊的哲人对如今这个混沌而荒谬的商品世界的醒世之言。但他口含夕阳，紧闭着嘴巴，一声不吭。

昨天的哲人只能解释昨天，今天的答案还得来自今人。这样说来，一声不吭的原来是我们自己。

陈放在桌上的一块四方的镇尺最是离奇。这个镇尺是朋友赠送给我的。它是一块纯净的无色玻璃，一条弯着尾巴的小银鱼被铸在玻璃中央。当阳光彻入，玻璃非但没有反光，反而由于纯度过高而消失了，只有那银光闪闪的小鱼悬在空中，无所依傍。它瞪圆眼睛，似乎也感到了一种匪夷所思。

一只蚂蚁从阴影里爬出来，它走到桌面一块阳光前，迟疑不前，几次刚把脑袋伸进夕阳里，又赶紧缩回来。它究竟畏惧这奇异的光明，还是习惯了黑暗？黑暗总是给人一半恐惧，一半安全。

人在黑暗外边感到恐惧，在黑暗里边反倒觉得安全。

夕阳的生命是有限的。它在天边一点点沉落下去，它的光却在我的书房里渐渐升高。短暂的夕照大概知道自己大限在即，它最后抛给人间的光芒最依恋也最夺目。此时，连我的书房的空气也是金红的。定睛细看，空气里浮动的尘埃竟然被它照亮。这些小得肉眼刚刚能看见的颗粒竟被夕阳照得极亮极美，它们在半空中自由、无声和缓缓地游弋着，好像徜徉在宇宙里的星辰。这是唯夕阳才能创造的景象——它能使最平凡的事物变得无比神奇。

在日落前的一瞬，夕阳残照已经挪到我书架最上边的一格。满室皆暗，只有书架上边无限明媚。那里摆着一只河北省白沟的泥公鸡。雪白的身子，彩色翅膀，特大的黑眼睛，威武又神气。这个北方著名的泥玩具之乡，至少有千年的历史，但如今这里已经变为日用小商品的集散地，昔日那些浑朴又迷人的泥狗泥鸡泥人全都了无踪影。可是此刻，这只幸存下来的泥公鸡，不知何故，对着行将熄灭的夕阳张嘴大叫。我的心已经听到它凄厉的哀鸣。这叫声似乎也感动了夕阳。一瞬间，高高站在书架上端的泥公鸡竟被这最后的阳光照耀得夺目和通红，好似燃烧了起来。

2005.11.28

书桌

我有张小小的书桌。它又窄又矮，破旧极了，在外人眼里简直不成样子。上边的漆成片地剥落下来，残余的漆色变得灰暗发黑，连我自己都认不准它最初是什么颜色。桌面又满是划痕、硬伤，还有热水杯烫成的一个个套起来的深深浅浅的白圈儿。它一边只有三个小抽屉，抽屉的把手早不是原套了。一个是从破箱子上移来的铜把手，另两个是后钉上去的硬木条。别看它这副模样，三十年来，却一直放在我的窗前，我房间透进光来的地方。我搬过几次家，换过几件家具，但从来没有想到处理掉它……

“这么难看还要它干吗？！要是我早劈掉生火了！”

“它又不实用。你这么大人将就这样一张小桌子，早晚得驼背！”

“你怎么就是不肯扔掉这破玩意儿。难道它是件宝？你说呀……”

我笑而不答。那淡淡的笑意里包含着任何知己都难以理解、难以体会到的一种，一种……一种什么呢？

没有共同的经历就不会有同感。有时，同感能发挥出非常奇妙的作用，它能成为两颗心相融的最短、最直接的通道。如果没有同感，说它做什么？还不如独自一人到树林里，踩着落叶，自己对自己默默地说它一阵子，排遣出来，倒是一种安慰。

我无法想起，究竟是什么时候，我开始使用这小桌的。我只模模糊糊记得，最初，我是站在它前面写写画画，而不是坐着。待我要坐下时，屁股下边必须垫上书包、枕头或一大叠画报，才能够得上桌面……

记忆里，幼时的事，都是穿不成串儿的珠子。这珠子却在记忆的深井的底儿滴溜溜、闪闪发光地打转，很难抓住它们——

我把“人”字总误写成“入”字，就在这桌上吧！

我一排排地晾干弹弓子用的小泥球儿，就在这桌上吧！

我在小木板上钉钉子，就在这桌上吧！

对，就在这儿。桌面上原来有一块能够照见自己脸儿的光光的玻璃板，给我钉钉子时打碎了——这件事我可记得清清楚楚，为此我还挨爸爸一通好打呢！也许打得太疼，我才记得十分牢。但过后我却一点儿也不后悔。因为，从此我做过的、经历过的、经受过的许许多多的事，都在这没有玻璃板保护的桌面上留下了痕迹。

桌面上净是些小瘪坑。有的坑儿挺深，像个洞眼，蚂蚁爬到那儿，得停一下，迟疑片刻，最后绕过去……细细瞧吧，还满是划痕呢，横竖歪斜，有的深，如一道沟；有的轻浅，还有的比蛛丝还细。这细细的印痕，是不是当初刮铅笔尖留下的？那一条条长长的道道儿，是不是随意用指甲划上去的？那儿黑乎乎的一块儿，是不是过年做灯笼，烤弯竹条时碰倒了蜡烛烧的？分辨不清了，原因不明了，全搅在一起了；这中间还混着许多字迹，钢笔的、铅笔的、墨笔的，还有用什么硬东西刻上去的。也有画上去的形象，有的完整，有的破碎——一只靴子啦，枪啦，一张侧面脸啦，这是不是我的自画像？年深日久，早都给磨得模糊一片。痕迹斑驳的桌面，有如一块风化得相当厉害、漫漶不清的碑石。

但我从中细心查辨，也能认出某些痕迹的来由，想起这里边包含着的、只有我才知道的故事，并联想到与此有关或无关的、早已融进往昔岁月中的童年生活。

为此，我很少用湿布去拭抹它。

只有一次例外。那是我上小学四年级时。我前排坐着一个女同学，十分瘦弱。她年龄与我一般大，个子却比我矮一头。两条短短的黄辫儿，简直是两根麻绳头。一天，上语文课，我没听讲，却悄悄把眼前的两条黄辫子拴在这女同学的椅子背儿上。正巧老师叫她回答问题，她一起身，拴住的辫子扯得她头痛得大叫。我的语文老师姓李，瘦削的脸满是黑胡楂，连脸颊上都是。一副黑边的近视镜遮住他的眼神，使我头次见到他时以为他挺凶，其实他温和极了。他对我们调皮的忍耐限度比别的老师都大。但不知为什么，那天他好厉害，把我一把拉到课堂前，叫我伸出双手，狠狠打了十多板子。他真生气呢！气呼呼地直喘，什么话也说不出来了，只指着门瞪圆眼对我吼道：“走！快走！”我离开了课堂，一路跑回家。我手疼倒没什么，但当众挨打受罚，我的自尊心受不了。于是，我眼泪汪汪地在桌上写了“李老师是狗！”几个字。我写得那么痛快和解气，好像这几个字给我报了什么“仇”似的。这几个字就相当威风地在我桌上保留了好长时间。

在表的嘀嗒声中，在上下课的铃声中，在雨和雪轮番交替地敲打窗子声中，我长大起来，事也懂得多了。桌上那几个字却不那么神气了，反而怕被人瞧见，似乎成了一种不光彩，甚至是耻辱的污迹，我带着一种说不清是对李老师，还是对长大后再也遇不到那个瘦弱的女同学的愧疚心情，用手巾尖儿蘸些水使劲把这几个字抹下去。

真奇怪！字儿抹掉了，好像心里干净了一些。

我上了中学，毕业了，参加了工作。我的许多事，写信、写文章、画画、吃东西，做些什么零七八碎的事都在这桌上，它一直伴随着我。

但它在我长大起来的身躯前，渐渐显得矮小，不合用了；而且用久了，愈来愈破旧，在后来买进来的新家具中间，显得寒碜和过时。它似乎老了，早完成了使命，在人世间物换星移的常规里等待着接受取代。

有一天我画画。画幅大，桌面小。不得不把一半画纸垂到桌下，先画铺在桌面上的一半；待画得差不多时，再拉上纸来画另一半。这样就很难照顾到画面的整体感，我画得那么别扭，真急了，止不住愤愤地骂道：

“真该死，这破桌子！”

它听着，不吭一声。等我画好了画儿，张挂起来；画面却意外好。我十分快活，早把桌子忘在一旁。它呢？依然默默旁立。它就是这样与我为伴，好像我不抛掉它，它就一心而从无二意地跟随着我。是不是由于它仅仅是无生命的物品，我从未把它作为一只小猫、小鸟、小兔那样的伴侣？但是，小兔死了，小猫跑了，小鸟飞了，它却不声不响地有心地记下我生活经历过的许多酸甜苦辣。并顺从地任我做任何有损于它的事。当一次，我听说自己遭遇不幸，是因为被一位多年来与我非常要好的朋友出卖时，我忍受不住，发疯似的猛地一拍桌面：

“啪！”

桌面上出现一条长长的裂缝；我那颗初入社会纯真的心上，也暗暗出现一条裂痕。它竟同我一样。

从此，我便不觉地爱护起它来了。

我有过一个女朋友。她是一只快乐的小鸟——那早晨站在沾着露水的枝头抖动翅膀、在阳光里飞来飞去、在烟囱上探头探脑的小鸟。她总笑。她整天似乎除去快乐什么也不知道。她在任何一群人中出现，都能极快地把快乐通过笑、通过活泼的目光、通过喜气洋洋的俊俏的小脸儿、通过率真的动作，传染给每一个人。我说她的快乐是照眼的、悦耳的、香喷喷的，是魔术。我称她为“快乐女神”。

她一双腿长长的。爱穿一条淡蓝色的短裙。她一进屋来，常常是一蹦就坐到小书桌上——这或许是她还带着些孩子气儿；或许她腿长，桌子矮，坐上去正合适。

我呢？过去吻她高矮也正好。我吻她，她不让。一会儿把脸甩向左边，一会儿又甩到右边，还调皮地笑着。她那光滑的短发像穗子一样在我笨拙的嘴唇上蹭来蹭去。

以后，由于挺复杂的原因，她终于说：“我们的爱没有物质土壤，幻想的种子连幻想也结不出来了。”这句话，她说了许多遍，一次比一次肯定，最后她无可奈何又断然地离去了。

稀奇的是，那快乐女神始终与我这哑巴桌子连在一起。每当我的目光碰到桌沿，就会幻觉出她当初坐在桌上的样子。浅蓝色的短裙扇状地铺开，一双直直又顺溜儿的长腿垂下来，两只小巧的脚交叉地别着。这时她那动听的笑声好似又在桌上的空间里发出来。

我需要记着的，这桌儿都给我记着了。而那女神与我临别时掉在桌上的泪滴，却一点痕迹也没留下。大概那不是泪，而是水滴。

桌上唯有一处大硬伤。那是——那天，一群穿绿服装、臂套红色袖章的男女孩子们闯进我家来。每人拿一把斧头，说要“砸烂旧世界”，我被迫站在门口表示欢迎，并木然地瞅着他们在顷刻间，把我房间里的一切胡乱砸一通。其中有个姑娘，模样挺端正，但她的眼神叫我害怕。她不吵不闹，砸起东西来异乎寻常地细致。她在屋里转来转去，把尚且完整的东西翻出来，一件件、有条不紊地敲得粉碎。然后，她翻出我一本相册，把里面的照片一张张抽出来，全都撕成两半。她做这些事时，脸上没有任何表情。

她忽然把一张照片面对我，问：

“这是谁？”

这是我那“快乐女神”的。我说：

“一个朋友。”

她微微现出一种冷笑，一双秀气的眼睛直盯着我，两只白白的手把这照片撕成细小的碎片。我至今不明白，在那时为什么一些女孩子干这种事时，反比男孩子们干得更彻底、更狠心、更无情。相册中所有女人的照片——我姐姐、妻子、母亲的，她撕得尤其凶，“唰、唰、唰”地响。仿佛此刻她心里有什么受不了的情感折磨着她，迫使她这样做。

最后，她临去时，一眼瞥见我的书桌。大约这书桌过于破旧，开始时并没引起他们的兴趣。此刻在一堆碎物中间，反而惹眼了。她撇向一边的薄薄的唇缝里含着一种讥讽：

“你还有这么个破玩意儿！”

随手一斧子，正砍在桌角上。掉下一块挺大的木茬。

就这样，我过去生活的一切，无论是快乐和幸福的，还是忧愁和不幸的，都留在桌上了。哪怕我忘了，它会无声地提醒我。

它就摆在我窗前。从窗子透进的光笼罩着它。我窗外是一棵大槐树的树冠。这树冠摇曳婆娑的影子总是和阳光一起投照在我这小小的桌面上。

每当这树冠的枝影间满是小小的黑点时，那是春天；黑点点儿是大槐树初发的芽豆豆。这期间，偶尔还有一种俗名叫作“绿叶儿”的候鸟，在枝间伶俐地蹦跳的影子出现在桌面上。夏天来了，树影日浓，渐渐变成一块阴凉，密密实实地遮盖住我的小桌。等到那块厚厚的阴凉破碎了，透现出一些晃动着的阳光的斑点时，秋风还会把一两片变黄的叶子吹进窗；像几只金色的小船，落在我这如同无风的水面一般平光光的桌面上。随后该关窗子了，玻璃蒙上了薄薄的水蒸气。那片叶无存、光秃秃、只剩下枝丫的树影，便像一张朦胧模糊的大网，把我的小桌罩住……

我常常被这些情景弄得发呆。谁说它丑？它无用？它应当被丢弃？它有着任何华贵的物品都无法代替的风韵和诗意。在它的更深处，甚至还潜藏着思想。

尤其是在阴雨的日子里，乌云像拉上的厚帘子把窗户遮暗了，小桌变成黑影，很像一块浓雾里的礁石，黑黝黝的，沉默无语。忽然一道闪电把它整个照亮，它那桌面上反射着可怕的蓝色的电光。但在这一瞬间的强光里，它上边的一切痕迹都清晰地显现出来，留在这中间的往事一下子全都复活了……

我闭上眼，情愿被再现在幻觉中的往事深深地感动着。

我终于失去了它。

在地震中，塌落下来的屋顶把它压垮。我的孩子正好躲在桌下，被它保护住了生命。它才是真正地为我献出了一切呢！等我从废墟中把它找出来，只是一堆碎木板、木条和木块了。我请来一个能干的木匠，想把它复原。木匠师傅瞅着它，抽着烟，最后摇了摇头。并且莫名其妙地瞧了我一眼，显然他不明白我何以有此意图——又不是复原一件破损的稀世古物。

它就这样在我的生活中没了。

我需要书桌，只得另买一张。新买的桌子宽大、实用、漆得锃亮，高矮也挺合适。我每每坐在这崭新却陌生的大书桌前，就觉得过去的一切像那不能再生的书桌一样，烟消云散，虚无缥缈，再也无从抓住似的……

我因此感到隐隐的忧伤。不由得想起几句话，却想不起是谁说的了：

“啊，生活，你真迷人……哪怕是久已过去的，也叫人割舍不得；哪怕是不幸的，也渐渐能化为深沉的诗。”

1980.11.12天津

感觉

黄昏时听音乐是种特殊享受。那当儿，暮色浓深，屋里的一切都迷蒙模糊，没有什么具体清晰的形象映入眼帘，搅乱头脑，心灵才能让听觉牵着梦游一般地飘入音乐的境界中去。哎，你是不是也有此同感？

我这感觉既强烈又奇妙， 以致我怀疑自己有点儿神经质。记得那次绝对是个黄昏，大概在听舒曼的《梦幻曲》吧！家里只有我自己，静静的空间灌满了那深沉而醉心的琴音。屋子的四角都黑了，窗前的东西变成一堆分辨不清的影子，只有窗玻璃上还依稀映着一点淡淡的橘色的夕照。

我的心像被这音乐洗过一样圣洁。不知是心沉浸在琴音里，还是琴音充溢在我的心里，一股潜流似的婉转回旋。于是我被感动起来，随之而来，便是这种动心的感觉渐渐加强，心里的潜流形成一个疾转的旋涡，到了感动的潮头卷起，我忽然不能自已。好像有根无形的搅棒，把沉淀心底的乱七八糟的全都翻腾起来。说不出是什么难忘的事或感受过的情绪，也说不出是什么滋味，甜蜜？忧伤？思念？委屈？已经落空的企盼？留不住的甜美……一下子，大滴大滴的泪珠子竟然自个儿夺眶而出，滚过脸颊，“啪啪”掉在地上。我倚着门框，仰起头，衣襟很快就湿了一片。我完全不能自制，也不想自制，因为这绝不是一种痛苦，而是一种异样的、令人战栗的幸福的感觉。平日里，偶然给什么意外的事物的触发，也会生出这样一种感觉，却总是一掠而过，从来没有凝聚起来，这样有力地撞击我的心扉。

然而我不明白，这感觉是怎样来的，是那琴音招引来的？到底是哪个旋律、哪个和声打动的我？为什么以前听这支曲子从无这般的感受？更奇怪的是，以后，多少次，黄昏时，我设法支开家里的人，依旧在这光线晦暗、阴影幢幢的安寂的小屋里，独自倚门倾听这支曲子，但再也不曾出现那种忍俊不禁、苦乐交加的感受了。琴音像一阵微弱的风，难得再在我心中吹起浪头。怎么回事？

感觉是找不到的，只有它来找你。

两年后，我早已忘掉寻觅这感觉的念头，却意外碰到了它。

那是个深秋时节，刚刚下过一场蒙蒙小雨，天色将暮，人在户外，脸颊和双手都感到微微凉意。我才办完一件事回家，走在一条沿河的小道上。小河在左边，蜿蜒又清亮，缓斜的泥坡三三五五坐着一些垂柳；右边是一面石砌的高墙，不知当年是哪家豪门显贵的宅院。这石墙很长，向前延长很远。院内一些老杨树把它巨大的伞状的树冠伸出墙来。树上的叶子正在脱落，地上积了厚厚一层，枝上挂得不多。虽然无风，不时有一片巴掌大的褐色叶子，自个儿脱开枝干，从半空中打着各式各样的旋儿忽悠悠落下来，落在地上的叶子中间，立时混在一起，分不出来。大树也就立刻显得轻松一些似的。我踏着这落叶走，忽然发现一片叶子，异常显眼，它比一般的叶子稍小，崭新油亮，分明是一片新叶。可惜它生不逢时，没有长足，胀满它每一个生命的细胞，散尽它的汁液与幽香，就早早随同老叶一同飘落。可是，大自然已经不可逆地到了落叶时节，谁又管它这一片无足轻重的叶子呢！我看见，这涂了一层蜡似的翠绿的叶面上汪着几滴晶亮的水珠，兴许是刚才的雨滴，却正像它无以言传的伤心的泪。它多么热爱这树上的生活——风里的喧哗，雨里的喧闹，阳光里闪动的光华，它多么切望在这树上多多流连一刻。生活，尽管给生命许许多多折磨、苦涩、烦恼、欺骗和不幸，谁愿意丢弃它？甚至依旧甘心把一切奉献给它。生活，你拿什么偿还一切生命对你的奉献？永远是希望吗？

我怜惜地拾起这片绿叶，抬眼一望，蓦然发现高高的、被雨淋湿而发暗的墙头上，趴着一只雪白的猫，正呆呆地瞧着我；杨树深处，有两扇玻璃反映着雨后如洗的蓝天，好像躲在暗处的一双美丽的眼睛……突然，就是这突然的一下，我被莫名地感动起来。那次听音乐时所产生的异样的感觉，又一次涌入我的心中，在我心里翻江倒海地搅动起来，视线又一次被止不住的大股热泪遮挡住了。我站在满地褐黄斑驳的落叶中间，贪婪地享受着这又甜又苦的情感，并任使这情感尽情发泄和延长，多留它一些时候。谁知它只是这一小阵子，转眼竟然雾一般渐渐消散。好似一下子都拥聚与凝结起来的事物，又一下子分散开来，抓都抓不着。咦，这是怎么回事?

我手里拈着这片闪光而早落的叶子，痴呆呆地站着。

1982.11.12

鼻子的轶事

我一直认为人类的艺术创造有个重大疏漏，就是没有一种满足鼻子的艺术。在艺术中，有满足眼睛的，比如美术、雕塑和摄影；有满足耳朵的，比如音乐和歌唱；影视和戏曲是综合艺术，它们能同时满足眼睛和耳朵，却唯独把鼻子排斥在“艺术爱好者”之外了。嘴呢？对了，你会问。不要说也没有专供嘴巴来享受的艺术吧，千变万化的烹调艺术足能使嘴巴受用不尽了。聪明万能的人类为什么偏偏冷淡了、小瞧了，甚至荒废了鼻子？这个位居脸的中心的高贵的鼻子难道是个“艺盲”？难道它迟钝、麻木、低层次、无感受、缺乏情感细胞？难道它只能分辨香臭、只是用来呼吸的吗？是啊，是啊，你想想看，流泪是一种感情的表露，那么流鼻涕呢？那不是伤心而是伤风。

然而，请你静下心再想一想——

每每早春初至，你是怎样感受到它的来临？那时，大地既没有绽露些许绿意，冰河尚无解冻时清脆的声响——你显然不是依靠眼睛和耳朵，而是凭着灵敏的鼻子察觉出这大自然催生的气息……我说过，春天最先是闻到的。

你是从哪一种气息里闻到的？

从融雪的气息、腐叶的气息、带着寒意的清晨的气息、泥土中苏醒的气息里，还是从一阵冷冷的疾雨里？世间雨的气息各种各样，有瑟缩深秋的绵绵细雨、炎炎夏日骤然浇下又热烘烘蒸腾起来的阵雨，以及随同微风可以闻到的凉丝丝的夜雨……这种种不同的雨的气味，比起雨的画面更能勾起你在同一种雨中经历的回忆。一次空空的等待或一次失去般的离别，一次义气的援救或是一次负疚的逃脱——不管具体细节怎样，总是气味帮助你记忆，也帮助你回忆；混同气味记在心底的，也只能被同一种气味勾上心头。再往深处想想，是不是世界上只有亲人的气味你记得最深最牢？母亲的、恋人的、孩子的。这气味比形象和声音更不能模仿和复制。精确分辨又刻骨铭心记住的不全是依靠鼻子吗？

我知道一个女人，一直保存着她逝去的丈夫的一件睡衣。她从来不洗这件睡衣，为了保留丈夫身体的气味，每当思念之情不能自已时，就拿出这件睡衣，贴在脸上闻一闻，活生生的丈夫便在身边。由此我得知，当生命消失时，它会转化为一种气息留在世上，活着的人靠着鼻子与它息息相通、默默相连。鼻子并非呼吸的器官，而是心灵的器具。由于多愁善感的鼻子，我们对这世界的感知便多了一倍！

鼻子又是慷慨无私的。尽管人类不给它任何享受艺术的方式，它却积极地参与艺术的创造。对了！我说的是鼻音，想想看，当歌唱家们使用鼻音时，那声音就会变得何等的奇异与美妙！

这叫我想起一件往事。虽然有些怪诞，却是我经历过的。

很多年前，我有个邻居是位业余歌手，他相貌寻常，身材四肢都极普通，唯有那鼻子大得像只梨儿挂在脸的中央。如果你坐在他身旁，会觉得呼吸困难，好像氧气都叫他那硕大无朋的鼻子吸走了。他说话，声音似乎不穿过喉咙而穿过鼻腔，那声音就像火车穿过隧道那样隆隆作响，唱起歌来根本听不见歌词，仿佛一百只大黄蜂在空中狂飞。据说他考过许多专业歌唱团，但谁会选取这种听不清歌词的鼻子叫呢；而邻居们不过把他的歌唱，当作一种有高低音变化的鼾声罢了。

后来，他走运了。一个名叫“海河合唱团”的团长以伯乐的眼光瞧上他的大鼻子，把他请进合唱团。合唱团不管他咬字是否清晰，只要他的鼻音。谁料到他这闷雷般的轰鸣，像是给合唱加进去一架大风琴那样，产生了意想不到的声音效果。上百张嘹亮的嘴巴加上一个浑厚的鼻子，开创了一个前所未闻的神奇境界。这个平淡无奇的合唱团竟因为一个鼻子走红了。很多观众为这鼻音而来，向台上寻找这奇妙声音的发源地。看吧，这梨儿似的鼻子，多像是给合唱团佩戴的一枚闪闪发光的勋章！

“文革”期间，许多文艺团体受冲击，合唱团为了跨时代地存在下去，改名叫作“红太阳宣传队”。但我这个邻居遇到了麻烦。因为当时所唱的歌曲一律是革命歌曲。他吐字不清，被怀疑是故意不唱歌词。受怀疑比受指责更可怕，他必须赶快学会吐字。大革命真是无坚不摧，这先天的毛病居然也改了。有生以来，声音一直从他鼻孔出来，现在竟改道走喉咙了。随着一个个字儿愈来愈清楚地蹦出嘴唇，那鼻音便一点点稀薄和消退，最终他唱起歌来和所有演员没有两样。一旦被统一了，他也就消失了；大家全一样，每个人便都可有可无。“红太阳宣传队”因此没了魅力，在后来的社会变动中无声无息地散了伙。

失去了鼻子的世界居然会变得如此乏味，你说究竟为了什么；是因为那独特的鼻子，还是因为那鼻子的独特？

1995.11.22中国香港《大公报》第四版

叁……

那身影总浮于柔和的朦胧中

走进巷子里，蓝色的夜如凉水，
从面颊和臂膀旁滑溜溜流过，
融进浓得化不开的芬芳里。

花巷

头一次来到杭州市的我，只认得她。

还有，诗里书里照片里常见的那湿蒙蒙的风景。

以前，一想到她——她的形影总是混在这片朦胧又柔和的风景里。

这是一种想象。想象总比现实美，会不会有比想象更美的现实?

女人最善于用想象创造现实。因此她第一次伴我游览西湖，选择晚间到苏堤上漫步。她的轮廓常常恍恍惚惚地消融在黑黑的夜色里，又一下子给月光照亮的湖水清晰地映衬出来。她的脸模糊得像一团雾，目光却像远处的灯光那样忽然粲然一闪……一直走到堤上无人，月在中天。她约我明天傍晚去她家，然后告诉我一条街道的名字。我问她门牌号数，她说在一条巷子里。我又问这巷子的名称。

她神秘地说，你闻到空气里有什么气味吗?

我吸一吸鼻子说，闻到了，是一种花香，挺特别，很淡，不过又很浓厚……

她绽开笑容说，好了，只要你在那条街上闻到这种花味，就是我的巷子。巷子尽头的一个小门，就是我的家。

第二天傍晚，我找到那条街，便开始寻昨夜那香味。我忽然有点儿紧张，好像把那香味忘了。我向一群孩子打听，孩子们都笑了。他们说这街上有好多巷子，每条巷子都开满花，都香，你说的是哪种花？什么味儿？

我更茫然。似乎把那花连同她一起丢掉了。原来用鼻子记事这么不可靠。

我从街这端一直走到那端，来回两遍。街上竟有这么多巷子，每条巷子都像花的甬道。一条红、一条黄、一条紫或一条雪白。我在每条巷口都吸一吸鼻子。花的种类不一样，不同的花喷溢出不同的香味，把我的嗅觉完全搞乱了。

直到天暗下来，万物消形，没了色彩。我疲惫不堪地坐在路边道沿上，失去信心，只是还不甘心返回旅店。忽然……一种淡淡的熟悉的香味，从背后飘来，好似蹑手蹑脚到我身后，轻轻将我拢住。我一回头，一阵浓浓的芬芳扑在我脸上。这就是属于我的那花香呀。我眼前渐渐出现一条幽蓝幽蓝深长的巷子，巷子两边，白晃晃，满是花，正是她的巷子！

奇怪，为什么刚刚来回几次都没闻到这花香？难道它像夜来香那样，入夜才散放芬香？难道它只有等着你苦苦寻求时，才悄悄出现？

我走进巷子，蓝色的夜凉如水，从我面颊和臂膀旁滑溜溜地流过。我整个身子融入这深巷，也就融入这浓得化不开的芬芳里。我记得她的话——巷子尽头是她家。我一直往里走，感觉自己像一只蜜蜂，钻进一个巨大、柔美、香喷喷的花蕊里……渐渐地，我一点点看见，巷子尽头站着一个人，浅浅一条长裙。她大概在这里默立许久，却相信我一定会来。

这是太久太久的事了。对于这条花巷以及那特有的香味，偶尔还会动心地想起。但我不会再来，因为世上不会再有那样的女孩了。

1994.8.23

猫婆

我那小阁楼的后墙外，居高临下是一条又长又深的胡同，我称它为猫胡同。每日夜半，这里是猫儿们无法无天的世界。它们戏耍、求偶、追逐、打架，叫得厉害时有如小孩扯着嗓子号哭。吵得人无法入睡时，便常有人推开窗大吼一声“去——”，或者扔块石头瓦片轰赶它们。我在忍无可忍时也这样怒气冲冲干过不少次。每每把它们赶跑，静不多时，它们又换个什么地方接着闹，通宵不绝。为了逃避这群讨厌的家伙，我真想换房子搬家。奇怪，哪来这么多猫，为什么偏偏都跑到这胡同里来聚会闹事？

一天，我到一位朋友家去串门，聊天，他养猫，而且视猫如命。

我说：“我挺讨厌猫的。”

他一怔，扭身从墙角纸箱里掏出个白色的东西放在我手上。呀，一只毛线球大小雪白的小猫！大概它有点儿怕，缩成个团儿，小耳朵紧紧贴在脑袋上，一双纯蓝色亮亮的圆眼睛柔和又胆怯地望着我。我情不自禁赶快把它捧在怀里，拿下巴爱抚地蹭它毛茸茸的小脸，竟然对这朋友说："太可爱了，把它送给我吧！"

我这朋友笑了，笑得挺得意，仿佛他用一种爱战胜了我不该有的一种怨恨。他家大猫这次一窝生了一对小猫——一只一双金黄眼儿，一只一双天蓝色眼儿。尽管他不舍得送人，对我却例外地割爱了。似乎为了要在我身上培养出一种与他同样的爱心来；真正的爱总希望大家共享，尤其对我这个厌猫者。

小猫一入我家，便成了我全家人的情感中心。起初它小，趴在我手掌上打盹睡觉，我儿子拿手绢当被子盖在它身上，我妻子拿眼药瓶吸牛奶喂它。它呢，喜欢像婴儿那样仰面躺着吃奶，吃得高兴时便用四只小毛腿抱着你的手，伸出柔软的、细砂纸似的小红舌头亲昵地舔你的手指尖……这样，它长大了，成为我家中的一员，并有着为所欲为的权利——睡觉可以钻进任何人的被窝儿，吃饭可以跳到桌上，蹲在桌角，想吃什么就朝什么叫，哪怕最美味的一块鱼肚或鹅肝，我们都会毫不犹豫地让给它。嘿，它夺去我儿子受宠的位置，我儿子却毫不妒忌它，反给它起了顶漂亮顶漂亮的名字，叫蓝眼睛。这名字起得真好！每当蓝眼睛闯祸——砸了杯子或摔了花瓶，我发火了，要打它，但只要一瞅它那纯净光澈、惊慌失措的蓝眼睛，心中的火气顿时全消，反而会把它拥在怀里，用手捂着它那双因惊恐瞪大的蓝眼睛，不叫它看，怕它被自己的冒失吓着……

我也是视猫如命了。

入秋，天一黑，不断有些大野猫出现在我家的房顶上，大概都是从后面猫胡同爬上来的吧。它们个个很丑，神头鬼脸向屋里张望。它们一来，蓝眼睛立即冲出去，从晾台蹿上屋顶，和它们对吼、厮打，互相穷追不舍。我担心蓝眼睛被这些大野猫咬死，关紧通向晾台的门，蓝眼睛便发疯似的抓门，还哀哀地向我乞求。后来我知道蓝眼睛是小母猫，它在发狂地爱，我便打开门不再阻拦。它天天夜出晨归，归来时，浑身滚满尘土，两眼却分外兴奋明亮，像蓝宝石。就这样，在很冷的一天夜里出去了，没再回来，我妻子站在晾台上拿根竹筷子“当当”敲着它的小饭盆，叫它，一连三天，期待落空。意想不到的灾难降临——蓝眼睛丢了！

情感的中心突然失去，家中每个人全空了。

我不忍看妻子和儿子噙泪的红眼圈，便房前房后去找。黑猫、白猫、黄猫、花猫、大猫、小猫，各种模样的猫从我眼前跑过，唯独没有蓝眼睛……懊丧中，一个孩子告诉我，猫胡同顶里边一座楼的后门里，住着一个老婆子，养了一二十只猫，人称猫婆，蓝眼睛多半是叫她的猫勾去的。这话点亮了我的希望。

当夜，我钻进猫胡同，在没有灯光的黑暗里寻到猫婆家的门，正想察看情形，忽听墙头有动静，抬头吓一跳，几只硕大的猫影黑黑地蹲在墙上。我轻声一唤“蓝眼睛”，猫影全都微动，眼睛处灯光似的一闪一闪，并不怕人。我细看，没有蓝眼睛，就守在墙根下等候。不时一只走开，跳进院里；不时又从院里爬上一只来，一直没等到蓝眼睛。但这院里似乎是个大猫洞，我那可怜的宝贝多半就在里边猫婆的魔掌之中了。我冒冒失失地拍门，非要进去看个究竟不可。

门打开，一个高高的老婆子出现——这就是猫婆了。里边亮灯，她背光，看不清面孔，只是一条墨黑墨黑神秘的身影。

我说我找猫，她非但没拦我，反倒立刻请我进屋去。我随她穿过小院，又低头穿过一道小门，是间阴冷的地下室。一股浓重噎人的猫味马上扑鼻而来。屋顶很低，正中吊下一个很脏的小灯泡，把屋内照得昏黄。一个柜子，一座生铁炉子，一张大床，地上几只放猫食的破瓷碗，再没别的，连一把椅子也没有。

猫婆上床盘腿而坐，她叫我也坐在床上。我忽见一团灰突突的棉被上，东一只西一只横躺竖卧着几只猫。我扫一眼这些猫，还是没有蓝眼睛。猫婆问我：“你丢那猫什么样儿？”我描述一遍，她立即叫道：“那大白波斯猫吧？长毛？大尾巴？蓝眼睛？见过见过，常从房上下来找我们玩儿，还在我们这儿吃过东西呢，多疼人的宝贝！丢几天了？”我盯住她那略显浮肿、苍白无光的老脸看，只有焦急，却无半点儿装假的神气。我说：“五六天了。”她的脸顿时阴沉下来，停了片刻才说：“您甭找了，回不来了！”我很疑心这话为了骗我，目光搜寻可能藏匿蓝眼睛的地方。这时，猫婆的手忽向上一指，呀，迎面横着的铁烟囱上，竟然还趴着好一大长排各种各样的猫！有的眼睛看我，有的闭眼睡觉，它们是在借着烟囱的热气取暖。

猫婆说："您瞧瞧吧，这都是叫人打残的猫！从高楼上摔坏的猫！我把它们拾回来养活的。您瞧那只小黄猫，那天在胡同口叫孩子们按着批斗，还要烧死它，我急了，一把从孩子们手里抢出来的！您想想，您那宝贝丢了这么多天，哪还有好？现在乡下常来一伙人，下笼子逮猫吃，造孽呀！他们在笼里放了鸟儿，把猫引进去，笼门就关上……前几天我的一只三花猫就没了。我的猫个个喂得饱饱的，不用鸟儿绝对引不走，那些狼心狗肺的家伙，吃猫肉，叫他们吃！吃得烂嘴、烂舌头、浑身烂、长疮、烂死！”

她说得脸抖，手也抖，点烟时，烟卷抖落在地。烟囱上那小黄猫，瘦瘦的，尖脸，很灵，立刻跳下来，叼起烟，仰起嘴，递给她。猫婆笑脸开花，咧着嘴不住地说："瞧，您瞧，这小东西多懂事！”像在夸赞她的一个小孙子。

我还有什么理由怀疑她？面对这天下受难猫儿们的救护神，告别出来时，不觉带着一点儿惭愧和狼狈的感觉。

蓝眼睛的丢失虽使我伤心很久，但从此不知不觉我竟开始关切所有猫儿的命运。猫胡同再吵再闹也不再打扰我的睡眠，似乎有一只猫叫，就说明有一只猫活着，反而令我心安。猫叫成了我的安眠曲……

转过一年，到了猫儿们求偶时节，猫胡同却忽然安静下来。

我妻子无意间从邻居那里听到一个不幸的消息：猫婆死了。同时——在她死后——才知道关于她在世时的一点点经历。

据说，猫婆本是先前一个开米铺老板的小婆，被老板的大婆赶出家门，住在猫胡同那座楼第一层的两间房子里。后又被当作资本家老婆，轰到地下室。她无亲无故，孑然一身，拾纸为生，以猫为伴，但她所养的猫没有一个良种好猫，都是拾来的弃猫、病猫和残猫。她天天从水产店捡些臭鱼烂虾煮了，放在院里喂猫，也就招引一些无家可归的野猫来填肚充饥，有的干脆在她家落脚。她有猫必留，谁也不知道她家到底有多少只猫。

“文革”前，曾有人为她找个伴儿，是个卖肉的老汉。结婚不过两个月，老汉忍受不了这些猫闹、猫叫、猫味儿，就搬出去住了。人们劝她扔掉这些猫，接回老汉，她执意不肯，坚持与这些猫共享着无人能解的快乐。

前两个月，猫婆急病猝死，老汉搬回来，第一件事便是把这些猫统统轰走。被赶跑的猫儿依恋故人故土，每每回来，必遭老汉一顿死打，这就是猫胡同忽然不明不白静下来的根由了。

这消息使我的心一揪。那些猫，那些在猫婆床上、被上、烟囱上的猫，那些残的、病的、瞎的猫儿呢？那只尖脸的、瘦瘦的、为猫婆叼烟卷的小黄猫呢？如今漂泊街头、饿死他乡，被孩子弄死，还是叫人用笼子捉去吃掉了？一种伤感与忧虑从我心里漫无边际地散开，散出去，随后留下的是一片沉重的空茫。这夜，我推开后窗向猫胡同望下去，只见月光下，猫婆家四周的房顶墙头趴着一只只猫影，大约有七八只，黑黑的，全都默不作声。这都是猫婆那些生死相依的伙伴，它们等待着什么呀？

从这天起，我常常把吃剩下的一些东西，一块馒头、一个鱼头或一片饼扔进猫胡同里去，这是我仅能做到的了。但这年里，我也不断听到一些猫这样或那样死去的消息，即使街上一只猫被轧死，我都认定必是那些从猫婆家里被驱赶出来的流浪儿。入冬后，我听到一个令人战栗的故事——

我家对面一座破楼修理瓦顶。白天里瓦工们换瓦时活没干完，留下个洞，一只猫为了御寒钻了进去；第二天瓦工们盖上瓦走了，这只猫无法出来，急得在里边叫。住在这楼顶层的五六户人家都听到猫叫，还有在顶棚上跑来跑去的声音，但谁家也不肯将自家的顶棚捅坏，放它出来。这猫叫了三整天，开头声音很大，很惨，瘆人，但一天比一天声音微弱下来，直至消失！

听到这故事，我彻夜难眠。

更深夜半，天降大雪，猫胡同里一片死寂，这寂静化为一股寒气透进我的肌骨。忽然，后墙下传来一声猫叫，在大雪涂白了的胡同深处，猫婆故居那墙头上，孤零零趴着一只猫影，在凛冽中蜷缩一团，时不时哀叫一声，甚是凄婉。我心一动，是那尖脸小黄猫吗？忙叫声：“咪咪！”想下楼去把它抱上来，谁知一声唤，将它惊动，起身慌张跑掉。

猫胡同里便空无一物。只剩下一片夜的漆黑和雪的惨白，还有奇冷的风在这又长又深的空间里呼啸。

1989.9.6《世界日报》首发

歪儿

那个暑假，天刚擦黑，晚饭吃了一半，我的心就飞出去了。因为我又听到歪儿那尖细的召唤声：“来玩踢罐电报呀——”

“踢罐电报”是那时男孩子们最喜欢的游戏。它不单需要快速、机敏，还带着挺刺激的冒险滋味。它的玩法又简单易学，谁都可以参加。先是在街中央用白粉笔粗粗画一个圈儿，将一个空洋铁罐儿摆在圈里，然后大家聚拢一起“手心手背”分批淘汰，最后剩下一个人坐庄。坐庄可不易，他必须极快地把伙伴们踢得远远的罐儿拾回来，放到原处，再去捉住一个乘机躲藏的孩子顶替他，才能下庄；可是就在他四处去捉住那些藏身的孩子时，冷不防从什么地方会蹿出一人，“叭”地将罐儿丁零当啷踢得老远，倒霉，又得重新开始……一边要捉人，一边还得防备罐儿再次被踢跑，这真是个苦差事，然而最苦的还要算是歪儿！

歪儿站在街中央，寻着空铁罐左顾右盼，活像一个蒸熟了的小红薯。他细小，软绵绵，歪歪扭扭；眼睛总像睁不开，薄薄的嘴唇有点儿斜，更奇怪的是他的耳朵，明显的一大一小，像是父子俩。他母亲是苏州人，四十岁才生下这个有点儿畸形的儿子，取名叫“弯儿”。我们天天都能听到她用苏州腔呼唤儿子的声音，却把“弯儿”错听成“歪儿”。也许这“歪儿”更像他的模样。由于他身子歪，跑起来就打斜，玩踢罐电报便十分吃亏。可是他太热爱这种游戏了，他宁愿坐庄，宁愿徒自奔跑，宁愿一直累得跌跌撞撞……大家玩的罐儿还是他家的呢！

只有他家才有这装芦笋的长长的铁罐，立在地上很得踢，如果要没有这宝贝罐儿，说不定大家嫌他累赘，不带他玩了呢！

我家刚搬到这条街上来，我就加入了踢罐电报的行列，很快成了佼佼者。这游戏简直就是为我发明的——我的个子比同龄的孩子高一头，腿也几乎长一截，跑起来真像骑摩托送电报的邮差那样风驰电掣，谁也甭想逃脱我的追逐。尤其我踢罐儿那一脚，“叭”的一声过后，只能在远处朦胧的暮色里去听它丁零当啷的声音了，要找到它可费点儿劲呢！这时，最让大家兴奋的是瞅着歪儿去追罐儿那样子，他一会儿斜向左，一会儿斜向右，像个脱了轨而瞎撞的破车，逗得大家捂着肚子笑。当歪儿正要发现一个藏身的孩子时，我又会闪电般冒出来，一脚把罐儿踢到视线之外，可笑的场面便再次出现……就这样，我成了当然的英雄，得意非凡；歪儿怕我，见到我总是一脸懊丧。天天黄昏，这条小街上充满着我的迅猛威风和歪儿的疲于奔命。终于有一天，歪儿一屁股坐在白粉圈里，怏怏无奈地痛哭不止……他妈妈跑出来，操着纯粹的苏州腔朝他叫着骂着，扯他胳膊回家。这愤怒的声音里似乎含着对我们的谴责。我们都感觉自己做了什么不好的事，默默站了一会儿才散。

歪儿不来玩踢罐电报了。他不来，罐儿自然也变了，我从家里拿来一种装草莓酱的小铁罐，短粗，又轻，不但踢不远，有时还踢不上，游戏的快乐便减色许多。那么失去快乐的歪儿呢？我望着他家二楼那扇黑黑的玻璃窗，心想他正在窗后边眼巴巴瞧着我们玩吧！这时忽见窗子一点点开启，跟着一个东西扔下来。这东西掉在地上的声音那么熟悉、那么悦耳、那么刺激，原来正是歪儿那长长的罐儿。我的心头一次感到被一种内疚深深地刺痛了。我迫不及待地朝他招手，叫他来玩儿。

歪儿回到了我们中间。

一切都奇妙又美好地发生了变化。大家并没有商定什么，却不约而同、齐心合力地等待着这位小伙伴了。大家尽力不叫他坐庄；有时他“手心手背”输了，也很快有人情愿被他捉住，好顶替他。大家相互配合，心领神会，作假成真。一次，我看见歪儿躲在一棵大槐树后边正要被发现，便飞身上去，一脚把罐儿踢得好远好远，解救了歪儿，又过去拉着他，急忙藏进一家院内的杂物堆里。我俩蜷缩在一张破桌案下边，紧紧挤在一起，屏住呼吸，却互相能感到对方的胸脯急促起伏，这紧张充满异常的快乐啊！我忽然见他那双眯缝的小眼睛竟然睁得很大，目光兴奋、亲热、满足，并像晨星一样光亮！原来他有这样一双又美又动人的眼睛。是不是每个人都有这样一双眼睛，就看我们能不能把它点亮。

1995.7.4天津

本文原载1995年第9期《散文》

长衫老者

我幼时，家对门有条胡同，又窄又长，九曲八折，望进去深邃莫测。隔街是店铺集中的闹市，过往行人都以为这胡同通向那边闹市，是条难得的近道，便一头扎进去，弯弯转转，直走到头，再一拐，迎面竟是一堵墙壁，墙内有户人家。原来这是条死胡同！好晦气！凡是走到这儿来的，都恨不得把这面堵得死死的墙踹倒！

怎么办？只有认倒霉，掉头走出来。可是这么一往一返，不但没抄了近道，反而白跑了长长一段冤枉路。正像俗话说的：贪便宜者必吃亏。那时，只要看见一个人满脸丧气从胡同里走出来，哈，一准知道是撞上死胡同了！

走进这死胡同的，不仅仅是行人，还有一些小商小贩。为了省脚力，推车挑担串进来，这就热闹了。本来狭窄的道儿常常拥塞；叫车轱辘碰伤孩子的事也不时发生。没人打扫它，打扫也没用，整天土尘蓬蓬。人们气急就叫：“把胡同顶头那家房子扒了！”房子扒不了，只好忍耐；忍耐久了，渐渐习惯。就这样，乱乱哄哄，好像它天经地义就该如此。

一天，来了一位老者，个子矮小，干净爽利，一件灰布长衫，红颜白须，目光清朗，胳肢窝夹个小布包包，看样子像教书先生。他走进胡同，一直往里，可过不久就返回来。嘿，又是一个撞上死胡同的！

这位长衫老者却不同常人。他走出来时，面无懊丧，而是目光闪闪，似在思索，然后站在胡同口，向左右两边光秃秃的墙壁望了望，跟着蹲下身，打开那布包，包里面有铜墨盒、毛笔、书纸和一个圆圆的带盖的小饭盆。他取笔展纸，写了端端正正、清清楚楚四个大字：此路不通。又从小盆里捏出几颗饭粒，代作糨糊，把这张纸贴在胡同口的墙壁上，看了两眼便飘然而去。

咦，谁料到这张纸一出，立刻出现奇迹。过路人若要抄近道扎进胡同，一见纸上的字，就转身走掉；小商贩们即使不识字，见这里进出人少，疑惑是死胡同，自然不敢贸然进去。胡同陡然清静多了。过些日子，这纸条给风吹雨打，残破了，胡同里的住家便想到用一块木板，仿照这四个字写在上边，牢牢钉在墙上，这样就长久地保留下来。

胡同自此大变样子。

它出现了从来没见过的情景：有人打扫，有人种花，有孩童玩耍；鸟雀也敢在地面上站一站。逢到一夜大雪过后，犹如一条蜿蜒洁白的带子，渐渐才给早起散步的老人们，踩上一串深深的雪窝窝。这些饱受市井喧嚣的人家，开始享受起幽居的静谧和安宁来了。

于是，我挺奇怪，本来这么简单的一举，为什么许多年里不曾有人想到？我因此愈加敬重那矮小、不知姓名、肯思索、更肯动手来做的长衫老者了……

1984.2.8《文汇报》首发

快手刘

人人在童年，都是时间的富翁。胡乱挥霍也使不尽。有时待在家里闷得慌，或者父亲嫌我太闹，打发我出去玩玩儿，我就不免要到离家很近的那个街口，去看快手刘变戏法。

快手刘是个撂地摆摊卖糖的胖大汉子。他有个随身背着的漆成绿色的小木箱，在哪儿摆摊就把木箱放在哪儿。箱上架一条满是洞眼的横木板，洞眼插着一排排廉价而赤黄的棒糖。他变戏法是为吸引孩子们来买糖。戏法十分简单，俗称“小碗扣球”。一块绢子似的黄布铺在地上，两个白瓷小茶碗，四个滴溜溜的大红玻璃球儿，就这再普通不过的三样道具，却叫他变得神出鬼没。他两只手各拿一个茶碗，你明明看见每个碗下边扣着两个红球儿，你连眼皮都没眨动一下，嘿！四个球儿竟然全都跑到一个茶碗下边去了，难道这球儿是从地下钻过去的？他就这样把两只碗翻来翻去，一边叫天喊地，东指一下手，西吹一口气，好像真有什么看不见的神灵做他的助手，四个小球儿忽来忽去，根本猜不到它们在哪里。这种戏法比舞台上的魔术难变，舞台只一边对着观众；街头上的土戏法，前后左右围着一圈人，人们的视线从四面八方射来，容易看出破绽。有一次，我亲眼瞧见他手指飞快地一动，把一个球儿塞在碗下边扣住，便禁不住大叫：

“在右边那个碗底下哪，我看见了！”

“你看见了？”快手刘明亮的大眼珠子朝我惊奇地一闪，跟着换了一种正经的神气对我说：“不会吧？你可得说准了。猜错就得买我的糖。”

“行！我说准了！”我亲眼所见，所以一口咬定。自信使我的声音非常响亮。

谁知快手刘哈哈一笑，突然把右边的茶碗翻过来。

“瞧吧，在哪儿呢？”

咦，碗下边怎么什么也没有呢？只有碗口压在黄布上一道圆圆的印子。难道球儿穿过黄布钻进左边那个碗下边去了？ 快手刘好像知道我怎么猜想，伸手又把左边的茶碗掀开，同样什么也没有！ 球儿都飞了？只见他将两只空碗对口合在一起，举在头顶上，口呼一声：“来！”双手一摇茶碗，里面竟然哗哗响，打开碗一看，四个球儿居然又都出现在碗里边。怪，怪，怪！

四边围看的人发出一阵惊讶不已的唏嘘之声。

“怎么样？你输了吧！不过在我这儿输了绝不罚钱，买块糖吃就行了。这糖是纯糖稀熬的，单吃糖也不吃亏。”

我臊得脸皮发烫，在众人的笑声里买了块棒糖，站到人圈后边去。从此我只站在后边看了，再不敢挤到前边去多嘴多舌。他的戏法，在我眼里真是无比神奇了。这也是我童年真正钦佩的一个人。

他那时不过四十多岁吧，正当年壮，精饱神足，肉重肌沉，皓齿红唇，乌黑的眉毛像用毛笔画上去的。他蹲在那里活像一只站着的大白象。一边变戏法，一边卖糖，发亮而外凸的眸子四处流盼，照应八方；满口不住说着逗人的笑话。一双胖胖的手，指肚滚圆，却转动灵活，那四个小球就在这双手里忽隐忽现。我当时有种奇想，他的手好像是双层的，小球时时藏在夹层里。唉唉，孩提时代的念头，现在不会再有了。

这双异常敏捷的手，大概就是他绰号“快手刘”的来历。他也这样称呼自己，以至在我们居住那一带无人不知他的大名。我童年的许多时光，就是在这最最简单又百看不厌的土戏法里，在这一直也不曾解开的迷阵中，在他这双神奇莫测、令人痴想不已的快手之间消磨的。他给了我多少好奇的快乐呢？

那些伴随着童年的种种人和事，总要随着童年的消逝而远去。我上中学以后就不常见到快手刘了。只是路过那路口时，偶尔碰见他。他依旧那样兴冲冲地变“小碗扣球”，身旁摆着插满棒糖的小绿木箱。此时我已经是懂事的大孩子了，不再会把他的手想象成双层的，却依然看不出半点儿破绽，身不由己地站在那里，饶有兴致地看了一阵子。我敢说，世界上再好的剧目，哪怕是易卜生和莎士比亚，也不能像我这样成百上千次看个不够。

我上高中是在外地。人一走，留在家乡的童年和少年就像合上的书。往昔美好的故事、亲切的人物、甜醉的情景，就像鲜活的花瓣夹在书页里，再翻开都变成了干枯了的回忆。谁能使过去的一切复活？那去世的外婆、不知去向的挚友、妈妈乌黑的鬈发、久已遗失的那些美丽的书、那跑丢了的蓝眼睛的小白猫……还有快手刘。

高中二年级的暑期，我回家度假。一天在离家不远的街口看见十多个孩子围着什么又喊又叫。走近一看，心中怦然一动，竟是快手刘！他依旧卖糖和变戏法，但人已经大变样子。十年不见， 他好像度过了二十年。模样接近了老汉。单是身旁摆着的那只木箱，就带些凄然的样子。它破损不堪，黑乎乎、黏腻腻，看不出一点儿先前那悦目的绿色。横板上插糖的洞孔，多年来给棒糖的竹棍捅大了，插在上边的棒糖东倒西歪。再看他，那肩上、背上、肚子上、臂上的肉都到哪儿去了呢？饱满的曲线没了，衣服下处处凸出尖尖的骨形来；脸盘仿佛小了一圈儿，眸子无光，更没有当初左顾右盼、流光四射的精神。这双手尤其使我动心——他分明换了一双手！ 手背上青筋缕缕，污黑的指头上绕着一圈圈皱纹，好像吐尽了丝而皱缩下去的老蚕……于是，当年一切神秘的气氛和绝世的本领都从这双手上消失了。他抓着两只碗口已经碰得破破烂烂的茶碗，笨拙地翻来翻去，那四个小球儿，一会儿没头没脑地撞在碗边上，一会儿从手里掉下来。他的手不灵了！孩子们叫起来：“球在那儿呢！”“在手里哪！”“指头中间夹着哪！”在这喊声里，他一慌张，手就愈不灵，抖抖索索搞得他自己也不知道球儿都在哪里了。无怪乎四周的看客只是寥寥一些孩子。

“在他手心里，没错！绝没在碗底下！”有个光脑袋的胖小子叫道。

我也清楚地看到，在快手刘扣过茶碗的时候，把地上的球儿取在手中。这动作缓慢迟钝，失误就十分明显。孩子们吵着闹着叫快手刘张开手，快手刘的手却攥得紧紧的，朝孩子们尴尬地掬出笑容。这一笑，满脸皱纹都挤在一起，好像一个皱纸团。他几乎用请求的口气说：

“是在碗里呢！我手里边什么也没有……”

当年神气十足的快手刘哪会用这种口气说话？这些稚气又认真的孩子们偏偏不依不饶，非叫快手刘张开手不可。他哪能张手，手一张开，一切都完了。我真不愿意看见快手刘这一副狼狈的、惶惑的、无措的窘态。多么希望他像当年那次——由于我自作聪明，揭他老底，迫使他亮出一个捉摸不透的绝招。小球突然不翼而飞，呼之即来。如果他再使一下那个绝招，叫这些不知轻重的孩子们领略一下名副其实的快手刘而瞠目结舌多好！但他老了，不再会有那花好月圆的岁月年华了。

我走进孩子们中间，手一指快手刘身旁的木箱说：

“你们都说错了，球儿在这箱子上呢！”

孩子们给我这突如其来的话弄得莫名其妙，都瞅那木箱，就在这时，我眼角瞥见快手刘用一种尽可能的快速度把手里的小球塞到碗下边。

“球在哪儿呢？”孩子们问我。

快手刘笑呵呵翻开地上的茶碗说：

“瞧，就在这儿哪！怎么样？你们说错了吧，买块糖吧，这糖是纯糖熬的，单吃糖也不吃亏。”

孩子们给骗住了，再不喊闹。一两个孩子掏钱买糖，其余的一哄而散。随后只剩下我和从窘境中脱出身来的快手刘，我一扭头，他正瞧我。他肯定不认识我。他皱着花白的眉毛，饱经风霜的脸和灰蒙蒙的眸子里充满疑问，显然他不明白，我这个陌生的青年何以要帮他一下。

1982.11.16

挑山工

一

你见过泰山的挑山工吗？这是种很奇特的人！

不知别处对这种运货上山的民夫怎样称呼。这儿习惯叫作挑山工。单从“挑山”二字，就可以体会出这种工作非凡的艰辛。肩挑着百十斤的重物，从山下直挑到烟云缭绕、鸟儿都难飞得上去的山顶，谁敢一试？更何况，这被誉为“五岳之首”的泰山，自有其巍巍而不可征服的威势。从山根直至极顶处，一条道儿，全是高高的石头台阶，简直就是一架直上直下的万丈天梯。在通向南天门的十八盘道上，那些游山来的健壮的男儿，也不免气喘吁吁；一般人更是精疲力竭，抓着道旁的铁栏，把身子一点点往上移。每爬上十来磴台阶，就要停下来歇一歇。只有这时，你碰到一个挑山工——他给重重的挑儿压塌了腰，汗水湿透衣衫，两条腿上的肌条筋缕都清晰地凸现在外，默不作声，一步一步，吃力又坚忍地走过你身旁，登了上去。你那才算是约略知道“挑山”二字的滋味……

挑山工，大概自古就有。山头那些千年古刹所用的一切建筑材料，都是从山下运上来的。你瞧着这些构造宏伟的古建筑上巨大的梁柱础石、沉重的铜砖铁瓦，再低头俯望一条灰白的山路，如同一根细绳，蜿蜒曲折，没入茫茫的谷底。你就会联想到，当年为了建造这些庙宇寺观，为了这壮观的美，挑山工们付出了怎样艰巨和惊人的劳动！

我少时来游泰山，山顶上还有三四十户人家，家中的男人大多是挑山工，给山上的国营招待所运送食品货物以为生计。清早，他们拿了扁担绳索，带着晨风晓露下山去，后晌随着一片暮云夕阳，把货物挑上山来。星光烁烁时，家家都开夜店，留宿在山头住一夜而打算转天早起观瞻日出的游人，收费却比国营招待所低廉。他们的屋子是石头垒的。山上风大，小屋都横竖卧在山道两旁的凹处，屋顶与道面一般平。屋里边简陋得几乎什么也没有，用来招待客人的，只有一条脏被和热开水。为了招徕主顾，各家门首还挂着一个小幌牌，写着店名。有的叫“棒槌店”，就在木牌两边挂一对小木棒槌；有的叫“勺儿店”，便挂一对乌黑的小生铁勺儿；下边拴些红布穗子，随风摇摆，叮当轻响。不过，你在这店里睡不好觉。劳累了一天的挑山工和客人们睡在一张炕上。他们要整整打上一夜松涛般呼呼作响的鼾声……

在这些小石屋中间，摆着一件非常稀罕的东西。远看一人多高，颜色发黑，又圆又粗，两个人才能合抱过来。上边缀满繁密而细碎的光点，熠熠闪烁。好像一块巨型的金星石。近处一看，原来是一口特大的水缸，缸身满是裂缝，那些光点竟是数不清的连合破缝的锔子，估计总有一两千个。颇令人诧异。我问过山民，才知道，山顶没有泉眼，缺水吃，山民们用这口缸储存雨水。为什么打了这么多锔子呢？据说，三百多年前，山上住着一百多户人家。每天人们要到半山间去取水，很辛苦。一年，从这些人家中，长足了八个膀大腰圆、力气十足的小伙子。大家合计一下，在山下的泰安城里买了这口大缸。由这八个小伙子出力，整整用了七七四十九天，才把大缸抬到山顶。以后，山上人家愈来愈少，再也不能凑齐那样八个健儿，抬一口新缸来。每次缸裂了，便到山下请上来一位锔缸的工匠，锔上裂缝。天长日久，就成了这样子。

听了这故事，你就不会再抱怨山顶饭菜价钱的昂贵。山上烧饭用的煤，也是一块块挑上来的呀！

二

在泰山上，随处都可以碰到挑山工。他们肩上架一根光溜溜的扁担，两端翘起处，垂下几根绳子，拴挂着沉甸甸的物品。登山时，他们的一条胳膊搭在扁担上，另一条胳膊垂着，伴随登踏的步子有节奏地一甩一甩，以保持身体平衡。他们的路线是折尺形的——先从台阶的一端起步，斜行向上，登上七八级台阶，就到了台阶的另一端；便转过身子，反方向斜行，到一端再转回来，一曲一折向上登。每次转身，扁担都要换一次肩，这样才能使垂挂在扁担前头的东西不碰在台阶的边沿上，也为了省力。担了重物，照一般登山那样直上直下，膝头是受不住的。但路线曲折，就使路程加长。挑山工登一次山，大约多于游人们路程的一倍！

你来游山。一路上观赏着山道两旁的奇峰异石、巉岩绝壁、参天古木、飞烟流泉，心情喜悦，步子兴冲冲。可是当你走过这些肩挑重物的挑山工的身旁时，你会禁不住用一种同情的目光，注视他们一眼。你会因为自己身无负载而倍觉轻松，反过来，又为他们感到吃力和劳苦，心中生出一种负疚似的情感……而他们呢？默默地，不动声色，也不同游人搭话——除非向你问问时间。一步步慢吞吞地走自己的路。任你怎样嬉叫闹喊，也不会惊动他们。他们却总用一种缓慢又平均的速度向上登，很少停歇。脚底板在石阶上发出坚实有力的嚓嚓声。在他们走过之处，常常会留下零零落落的汗水的滴痕……

奇怪的是，挑山工的速度并不比你慢。你从他们身边轻快地超越过去，自觉把他们甩在后边很远。可是，你在什么地方饱览四外雄美的山色；或在道边诵读与抄录凿刻在石壁上的爬满青苔的古人的题句；或在喧闹的溪流前洗脸濯足，他们就会在你身旁慢吞吞、不声不响地走过去，悄悄地超过了你。等你发现他走在你的前头时，会吃一惊，茫然不解，以为他们是像仙人那样腾云驾雾赶上来的。

有一次，我同几个画友去泰山写生，就遇到过这种情况。我们在山下的斗姥宫前买登山用的青竹杖时，遇到一个挑山工。矮个子，脸儿黑生生，眉毛很浓，大约四十来岁；敞开的白土布褂子中间露出鲜红的背心。他扁担一头拴着几张黄木凳子，另一头捆着五六个青皮西瓜。我们很快就越过他去。可是到了回马岭那条陡直的山道前，我们累了，舒开身子，躺在一块平平的被山风吹得干干净净的大石头上歇歇脚，这当儿，竟发现那挑山工就坐在对面的草茵上抽着烟。随后，我们差不多同时启程，很快就把他甩在身后，直到看不见。但当我爬上半山的五松亭时，却见他正在那株姿态奇特的古松下整理他的挑儿。褂子脱掉，现出黑黝黝、健美的肌肉和红背心。我颇感惊异。走过去假装问道，让支烟，跟着便没话找话，和他攀谈起来。这山民倒不拘束，挺爱说话。他告诉我，他家住在山脚下，天天挑货上山。一年四季，一天一个来回。他干了近二十年。然后他说："您看俺个子小吗？干挑山工的，长年给扁担压得长不高，都是矮粗。像您这样的高个儿干了不这种活儿。走起来，晃晃悠悠哪！"

他逗趣似的一抬浓眉，咧开嘴笑了，露出皓白的牙齿。山民们喝泉水，牙齿都很白。

这么一来，谈话更随便些，我便把心中那个不解之谜说出来：

"我看你们走得很慢，怎么反而常常跑到我们前边来了呢？你们有什么近道儿吗？"

他听了，黑生生的脸上显出一丝得意之色。他吸一口烟，吐出来，好像做了一点儿思考，才说：

“俺们哪里有近道，还不和你们是一条道？你们是走得快，可你们在路上东看西看，玩玩闹闹，总停下来呗！俺们跟你们不一样。不能像你们在路上那么随便，高兴怎么就怎么。一步踩不实不行，停停住住更不行。那样，两天也到不了山顶。就得一个劲儿总往前走。别看俺们慢，走长了就跑到你们前边去了。瞧，是不是这个理儿？”

我笑吟吟，心悦诚服地点着头。我感到这山民的几句话里，似乎包蕴着一种意味深长的哲理，一种切实而朴素的思想。我来不及细细嚼味，做些引申，他就担起挑儿启程了。在前边的山道上，在我流连山色之时，他还是悄悄超过了我，提前到达山顶。我在极顶的小卖部门前碰见他，他正在那里交货。我们的目光相遇时，他略表相识地点头一笑，好像对我说：

“瞧，俺可又跑到你的前头来了！”

我自泰山返回家后，就画了一幅画——在陡直而似乎没有尽头的山道上，一个穿红背心的挑山工给肩头的重物压弯了腰，却一步步、不声不响、坚忍地向上登攀。多年来，这幅画一直挂在我的书桌前，不肯换掉，因为我需要它……

1980.2

肆……

足跟敲地，
回声响在斑驳的石墙上

文化雕刻过的石头散布在山坡上，
被时光一点点改造，变得古旧、龟裂和剥落，
也变得沉静、苍劲和深厚。

古希腊的石头

每到一个新地方，首先要去当地的博物馆。只要在那里边待上半天或一天，很快就会与这个地方“神交”上了。故此，在到达雅典的第二天一早，我便一头扎进举世闻名的希腊国家考古博物馆。

我在那些欧洲史上最伟大的雕像中间走来走去，只觉得我的眼睛被那个比传说还神奇的英雄时代所特有的光芒照得发亮。同时，我还发现所有雕像的眼睛都睁得很大，眉清目朗，比我的眼睛更亮！我们好像互相瞪着眼，彼此相望。尤其是来自克里特岛那些壁画上人物的眼睛，简直像打开的灯！直叫我看得神采焕发！在艺术史上，阳刚时代艺术中人物的眼睛，总是炯炯有神；阴暗时期艺术中人物的眼睛，多半暧昧不明。当然，“文革”美术除外，因为那个极度亢奋时代的人们全都注射了一种病态的政治激素。

我承认，希腊人的文化很对我的胃口。我喜欢他们这些刻在石头上的历史与艺术。由于石头上的文化保留得最久，所以无论是希腊人，还是埃及人、玛雅人、巴比伦人以及我们中国人，在初始时期，都把文化刻在坚硬的石头上。这些深深刻进石头里的文字与图像，顽强又坚韧地表达着人类对生命永恒的追求，以及把自己的一切传之后世的渴望。

然而，永恒是达不到的。永恒只是很长很长的时间而已。古希腊人已经在这时间旅程中走了三四千年。证实这三四千年的仍然是这些文化的石头。可是如今我们看到了，石头并非坚不可摧。世界上没有任何东西可以把人带到永远。在岁月的翻滚中，古希腊人的石头已经满是裂痕与缺口，有的只剩下一些残块和断片。

在博物馆的一个展厅，我看到一截石雕的男子的左臂。虽然只是这么一段残臂，却依然紧握拳头，昂然地向上弯曲着，皮肤下面的血管膨脝鼓胀，脉搏在这石臂中有力地跳动。我们无法看见这手臂连接着的雄伟的身躯，但完全可以想见这位男子英雄般的形象。一件古物背后是一片广阔的历史风景。历史并不因为它的残缺而缺少什么。残缺，却表现着它的经历，它的命运，它的年龄，还有一种岁月感。岁月感就是时间感。当事物在无形的时间历史中穿过，它便被一点点地消损与改造，并因而变得古旧、龟裂、剥落与含混，同时也就沉静、苍劲、深厚、斑驳和朦胧起来。

于是一种美出现了。

这便是古物的历史美。历史美是时间创造的。所以它又是一种时间美。我们通常是看不见时间的。但如果你留意，便会发现时间原来就停留在所有古老的事物上。比如那深幽的树洞，凹陷的老街，泛黄的旧书，磨光的椅子，手背上布满的沟样的皱纹，还有晶莹而飘逸的银发……它们不是全都带着岁月和时间深情的美感吗？

这也是一种文化美。因为古老的文化都具有悠远的时间的意味。

时间在每一件古物的体内全留下了美丽的生命的年轮，不信你掰开看一看！

凡是懂得这一层美感的，就绝不会去将古物翻新，甚至做更愚蠢的事——复原。

站在雅典卫城上，我发现对面远远的一座绿色的小山顶上，爽眼地竖立着一座白色的石碑。碑上隐隐约约坐着一两尊雕像。我用力盯着看，竟然很像是佛像！我一直对古希腊与东方之间雕塑史上那段奇缘抱有兴趣。便兴冲冲走下卫城，跟着爬上了对面那座名叫阿雷奥斯·帕果斯的草木葱茏的小山。

山顶的石碑是一座高大的雕着神像的纪念碑。由于历时久远，一半已然缺失。石碑上层的三尊神像，只剩下两尊，都已经失去了头颅，可是他们依然气宇轩昂地坐在深凹的洞窟里。这时，使我惊讶的是，它竟比我刚才在几公里之外看到的更像是两尊佛像。无论是它的窟形，还是从座椅垂落下来的衣裙，乃至雕刻的衣纹，都与敦煌和云冈中那些北魏与西魏的佛像酷似！如果我们将两个佛头安装上去，也会十分和谐的！于是，它叫我神驰万里，一下子感到世纪前丝绸之路上那段早已逝去的令人神往的历史——从亚历山大东征到希腊人在犍陀罗为原本没有偶像崇拜的印度人雕刻佛像，再到佛教东渐与中国化的历史——陡然地掉转过头，五彩缤纷地扑面而来。

原来时间隧道就在希腊人的石头中间！在这隧道里，我似乎已经触摸到消失了数千年的那一段时光了。这时光的触觉，光滑、柔软、流动，还有一些神秘的凹凸的历史轮廓。我静静地坐在山顶一块山石上，默默享受着这种奇异和美妙的感受，直到夕阳把整个石碑染得金红，仿佛一块烧透了的熔岩。

由此，我找到了逼真地进入希腊历史的秘密。

我便到处去寻访古老的文化的石头，从那一片片石头的遗址中找到时光隧道的入口，钻进去。

然而，我发现希腊到处全是这种石头。希腊人说他们最得意的三样东西就是：阳光、海水和石头。从德尔菲的太阳神庙到苏纽的海神庙，从埃皮达洛夫洛斯的露天剧场到迈锡尼的损毁的城堡，它们简直全是巨大的石头的世界。可是这些石头早已经老了。它们残缺和发黑，成片地散布在宽展的山坡或起伏的丘陵上。数千年前，它们曾是堆满财富的王城、聆听神谕的圣坛或人间英雄们竞技的场所。但历史总是喜新厌旧的。被时光筛子筛下来的只有这些破碎的屋宇，残垣败壁，断碑，兀自竖立的石柱，东一个西一个的柱头或柱础。

尽管无情的历史遗弃它，有心的希腊人却无比珍惜它。他们保护这些遗址的方式在我们看来十分奇特。他们绝不去动一动历史遁去之后的“现场”。一根石柱在一千年前倒在哪里，今天绝不去把它扶立起来。因为这是历史的本来面目。尊重历史就是不更改历史。当然他们又不是对这些先人的创造不理不管。常常会有一些“文物医生”拿着针管来，为一些正在开裂的石头注射加固剂，或者定期清洗现代工业造成的酸雨给这些石头带来的污迹。他们做得小心翼翼。好像这些石头在他们手中依然是活着的需要呵护的生命。

他们使我们认识到，每一块看似冰冷的古老的石头，其实并没有死亡，它们犹然带着昔时的气息。它们各自不同的形态都是历史的表情，石头上的残痕则是它们命运的印记与年龄的刻度。认识到这些，便会感到我们已身在历史中间。如果你从中发现到一个非同寻常的细节，那就极有可能是神奇的时间隧道的洞口了。

迈锡尼遗址给人的感受真是一种震撼。这座三千多年前用巨石砌成的城堡，如今已是坍塌在山野上的一片废墟。被时光磨砺得分外粗糙的巨大的石块与齐腰的荒草混在一起。然而，正是这种历史的原生态，才确切地保留着它最后毁灭于战火时惊人的景象。如果细心察看，仍然可以从中清晰地找到古堡的布局、不同功能的房舍与纵横的甬道。一八七六年德国天才的考古学家谢里曼就是从这里找到了一个时光隧道的入口，从隧道里搬出了伟大的荷马说过的那些黄金财宝和精美绝伦的“迈锡尼文化”——他实际是活灵活现地搬出来古希腊一段早已泯灭了的历史。谢里曼说，在发掘出这些震惊世界的迈锡尼宝藏的当夜，他在这荒凉的遗址上点起篝火。他说这是两千二百四十四年以来的第一次火光。这使他想起当年阿伽门农王夜里回到迈锡尼时，王后克莉登奈斯特拉和她的情夫伊吉吐斯战战兢兢看到的火光。这跳动的火光照亮了一对狂恋中的情人眼睛里的惊恐与杀机。

今天，入夜后如果我们在遗址点上篝火，一样可以看到古希腊这惊人的一幕；我们的想象还会进入那场以情杀为背景的毁灭性的内战中去。因为，迈锡尼遗址一切都是原封不动的。时光隧道还在那些石头中间。于是我想，如果把迈锡尼交给我们——我们是不是要把迈锡尼散乱的石头好好“整顿”一番，摆放得整整齐齐；再将倾毁的城墙重新砌起来；甚至突发奇想，像大声呼喊着“修复圆明园”一样，把迈锡尼复原一新。如若这样，历史的魂灵就会一下子逃离而去。

珍视历史就是保护它的原貌与原状。这是希腊人给我们的启示。

那一天，天气分外好。我们驱车去苏纽的海神庙。车子开出雅典，一路沿着爱琴海，跑了三个小时。右边的车窗上始终是一片纯蓝，像是电视屏幕的蓝卡。

海神庙真像在天涯海角。它高踞在一块伸向海里的险峻的断崖上。看似三面环海，视野非常开阔。这视野就是海神的视野。

而希腊的海神波塞冬就同中国人的海神妈祖一样，护佑着渔舟与商船的平安。但不同的是，波塞冬还有一个使命是要庇护战船。因为波斯人与希腊人在海上的争雄，一直贯穿着这个英雄国度的全部历史。

可是，这座世纪前的古庙，现今只有石头的庙基和两三排光秃秃的多里克石柱了。石柱上深深的沟槽快要被时光磨平。还有一些断柱和建筑构件的碎块，分散在这崖顶的平台上，依旧是没人把它们“规范”起来。没有一个希腊人敢于胆大包天地修改历史。这些质地较软的大理石残件，经受着两千多年的阵阵海风吹来吹去，正在一点点变短变小，有几块竟然差不多要湮没在地面中了；一些石头表面还像流质一样起伏。这是海风在上边不停地翻卷的结果。可就是这样一种景象，使得分外强烈的历史感一下子把我包围起来。

纯蓝的爱琴海浩无际涯，海上没有一只船，天上没有鹰鸟，也没有飞机。无风的世界了无声息。只有明媚的阳光照耀着古希腊这些苍老而洁白的石头。天地间，也只有这些石头能够解释此地非凡的过去。甚至叫我们想起爱琴海的名字来源于爱琴王——那个悲痛欲绝的故事。爱琴王没有等到出征的王子乘着白色的帆船回来，他绝望地跳进了大海。这大海是不是在那一瞬变成这样深浓而清冷的蓝色？爱琴王如今还在海底吗？他到底身在哪里？在远处那一片闪着波光的“酒绿色的海心”吗？

等我走下断崖时，忽然发现一间专门为游客服务的商店。它故意盖在侧下方的隐蔽处。在海神庙所在的崖顶的任何地方，都是绝对看不见这家商店的。当然，这是希腊人刻意做的。他们绝对不让我们的视野受到任何现代事物的干扰，为此，历史的空间受到了绝对与纯正的保护！

我由衷地钦佩希腊人！

希腊人告诉我们，保护古代文明遗产，需要的是对历史的深刻理解与崇拜、科学的方法、优雅的美感和高尚的文化品位。因为历史文明是一种很高的意境。

创造古希腊的是历史文明，珍惜古希腊的是现代文明。而懂得怎样珍惜它，才是一种很高层次的文明。

2001.4.11 天津

意大利断想

一个东西方文化交流史的盲点深深吸引着我：丝绸之路的东端是中国，西端是意大利，这两端恰恰都是光辉灿烂的美术大国。通过这条世纪前就开通了的丝绸之路，东西方把他们各自拥有的布帛、香料、陶瓷、玻璃、玉石、牲畜等彼此交换；中国人制造丝绸的技术最晚在七世纪就传到西西里，但为什么独独在美术方面却了无沟通？

我曾面对洛阳龙门石窟雕刻的那“北市香行社造像龛”一行小字发呆——在唐代，罗马的香料已被妇女作为时髦物品，为什么在这浩大的石窟内却找不到欧洲雕刻的直接影响？

在十六世纪，当米开朗琪罗等人叮叮当当把他们的激情与想象凿进坚硬的石头，中国人早已告别石雕艺术的时代；如果马可·波罗把霍去病墓前那些怪异的石兽运一个回去，说不定意大利文艺复兴运动就会以另一种景象出现。而当聚集在佛罗伦萨和威尼斯的画家们，用无与伦比的写实技术在画布上创造出一个个活生生的人物时，中国画家早就从写实走向写神，以幻化的水墨，随心所欲地去表达内心非凡的感受。当然，意大利画家也是从未见到过这些中国画家的作品。直到十八世纪，郎世宁来到中国时，东西方艺术已全然是两个世界了。

比较而言，西方艺术家尊崇物质，东方更注重自己的精神情感。由此泛开而说，西方人一直努力把周围的一切一点点弄清楚，东方人却超乎物外，享受大我。一句话，西方人要驾驭物质，东方人要驾驭精神。经过十几个世纪，西方人把飞船开到月球，东方人仍在古老的大地上原地不动，精神却遨游天外。

东西方文化具有相悖性。

相悖，才各自拥有一个世界，自己的世界对于对方才是全新的。人类由于富有这东西方相悖的两种文化，才立体和完整。

最大和最完整的事物都是两极的占有。

现在看来，丝绸之路主要是一条贸易通道。对于文化，它只是在不自觉中交流了文化，而不是自觉交流了文化。

正因为如此，东西方艺术便在相互独立的状态中形成了自己的一套。幸亏如此！如果它们像现代社会这样在文化上互通有无，恐怕东西方文化早就变成一只黄老虎和一只白老虎了。

我联想到现在常常说到的“文化交流”这个概念，并为此担虑。文化交流与科技交流本质不同。科技交流为了取消差距，文化交流只能是为了加大区别。谁能够做到这些？

文化是有个性的。文化的全部价值都在自己的个性里。文化相异而并存，相同而共失。因此，文化交流不是抵消个性，而必须是强化个性，谁又能这样做？

可是，天下有多少明白人？弄不好最终这世界各处全都是清一色的文化“八宝饭”，或者叫“文化的混血儿”。

与别人不同容易，与自己不同尤难。比如这三座同为意大利名城的罗马、佛罗伦萨和威尼斯——

罗马依旧有股子帝国气象。好似一头死了的狮子，犹然带着威猛的模样。这恐怕由于它一直保持原帝国都城的规模和格局，连同昔时的废墟亦兀自荒凉着，甚至那些古老建筑的碎块，遗落在地，绝不移动。原封不动才保住历史的真实。从来没有人提出那种类似“修复圆明园”的又蠢又无知的主张。建设现代城市中心则另辟新区。对于一个城市的文化史来说，死去的罗马比活着的罗马还要神圣。

罗马的美，最好是在雨里看。到处的中世纪粗大笨重的断壁残垣在白茫茫雨雾中耸立着，那真是一种人间神话。我从斗兽场出来，赶上这样的大雨，小布伞快要给雨水浇塌，正在寻求逃避之路，陡然感到自己竟是站在历史里。那城角、券洞、一根根多里克或科林斯石柱、一座座坍塌了上千年的废墟，远远近近地包围着我；回头再看那斗兽场，已经被雨幕遮掩得虚幻模糊，却无比巨大地隔天而立。一时分不清自己是在罗马的遗迹里还是在罗马的时代里。它肃穆、雄浑、庄严和神奇……这独特的感受是在世界任何地方都不曾得到的。古建筑不是死去的史迹，而是依然活着的历史的细胞。如果失去这些，我们从哪里才能感受真正的罗马的灵魂？

我痴迷立着，任凭大雨淋浇，鞋子像灌满水的篓儿。

然而，这种罗马气象在佛罗伦萨就很难看到了。佛罗伦萨整座城市干脆说就是文艺复兴时期的象征。从乌菲齐博物馆二楼长廊上的小窗向外望去，阿尔诺河的两岸连同那座廊式老桥的桥上，高高矮矮一律是文艺复兴时期红顶黄墙的小楼，在湛蓝湛蓝的天空与河水的对比下，明丽而古雅。比起罗马时代，它轻快而富于活力；比起后来的巴洛克时代，它又朴素和沉静。看上去，佛罗伦萨是拒绝现代的。也许由于文艺复兴时代迸发的人文精神仍是今天欧洲精神的支柱和源泉，它滔滔汩汩，奔涌不绝。人们既把它视为过去，也作为现在。佛罗伦萨是文化的百慕大，站在其中会丧失时间的概念。

黄昏时在老街上散步。足跟敲地，好似叩打历史，回声响在苔痕斑驳的石墙上。还有一人的脚步声在街那边，扭头瞧，哎，那瘦瘦的穿长衣的男人是不是画圣母的波提切利？

比起罗马与佛罗伦萨，威尼斯散发着它独有的浪漫气质。这座在水上的城市，看上去像半身站在水里。那些古色古香建筑的倒影都被波浪摇碎，五彩缤纷地混在一起晃动着。入夜时，坐上一种尖头尖尾的名叫“贡多拉”的小船，由窄窄而光滑的水道穿街入巷，去欣赏这座婉转曲折的水城每一个诗意和画意的角落，不时会碰到一些年轻人，船头挂着灯，弹着吉他，唱着情歌，擦船而过。世界上所有傍河和临海的城市都有种开放的精神，何况这水中的威尼斯！ 在金碧辉煌的圣马可广场上，成千上万的鸽子中间有无数从海上飞来的长嘴的海鸥……

城市，不仅供人使用，它自身还有一种精神价值。这包括它的历史经历、人文积淀、文化气质和独有的美；它的色调、韵律、味道和空间景象；这一切构成一种实实在在的精神，这城市人的性格、爱好、习惯、追求、自尊，都包含其中。城市，既是一种实用的物质存在，也是一种高贵的精神存在。

你若把它视为一种精神，就会尊敬它，珍惜它，保卫它；你若把它仅仅视为一种物质，就会无度地使用它，任意地改造它，随心所欲地破坏它。一个城市的精神是无数代人创造积淀出来的。一旦被破坏，便再无回复的可能。失去了精神的城市该是什么样子？

我忽然想到今年年初到河南，同样跑了三座东方古城：郑州、洛阳和开封。

这三座古城对我诱惑久矣。谁想到一观其面，竟失望得达到深切的痛苦。

哪里还有什么“九朝古都”“商城”和“大宋汴京”的气象，这分明是在内地常见的那种新兴城市。连老房子也多是本世纪失修的旧屋。郑州那条土夯的商代城墙，被挤在城市中间，好似一条废弃的河堤；从历史文化的眼光看，洛阳的白马寺差不多像个空庙；开封那花花绿绿新建的宋街呢？一条只有十年历史的如同影城中的仿古街道，能给人什么认识与感受？是一种自豪还是自卑感？

不要拒绝拿郑州、开封、洛阳去和罗马、佛罗伦萨、威尼斯相对照吧，我们这三座古城和中原文化曾经是何等的辉煌！

在梵蒂冈，最令我激动的不是《拉奥孔》与《摩西》，不是拉斐尔的《雅典学院》和达·芬奇的《圣徒彼得》，而是西斯廷教堂穹顶上那经过长长十二年修复后重现光辉的米开朗琪罗的壁画。

这人类历史最伟大也最壮观的壁画，使西斯廷教堂成为解读神学和展示天国景象的圣殿。然而自从十六世纪的米开朗琪罗完成这幅壁画，历经五百年尘埃遮蔽，烛烟熏染，以及一次次修整时刷上去的防止剥落的亚麻油，这些有害物质使画面昏暗模糊，失去了往日的光彩。

从本世纪六十年代起，梵蒂冈博物馆的克拉路奇教授和他的助手将壁画拍摄成七千张照片，进行精密研究，并选择了两千个部分做了修复试验，终于确定方案，自一九八二年到一九九四年展开了本世纪最浩大的古代艺术的修复工程。终于使得米开朗琪罗以非凡的才华叙述的这个天国故事，好似拨云见日一般再现在人们的视线之中。我们头一次如此透彻地读到了世间对神学的最权威和最动人的解释，也如此清澈地看到了米开朗琪罗出神入化的笔触。在此之前，谁能想到那画在高高穹顶上亚当的头部，竟然这样轻描淡写？而描绘《末日审判》中基督的脸颊，居然大笔挥洒，总共只用了三笔！倘若不是这次修复，我们怎能领略到这个艺术大师如此非凡才华的细节？

请注意，修缮西斯廷教堂壁画的原则，既非“整旧如新”，也非“整旧如旧”，而是一个新的目标：整旧如初。

整旧如新，即改变历史面貌地粉刷一新；整旧如旧，虽能保住历史原貌，但对那些残破的古物，只能无奈地顺从时光磨损，剥落不堪，面目不清；而整旧如初，才是真正回复到最初的也是最真实的面貌。

这种只有靠高科技才能达到的“整旧如初”，是古物修复的历史性进步。它终于实现了先人的梦想：复活历史。

可以相信，如今我们仰望西斯廷教堂穹顶的壁画时，就同一五一一年米开朗琪罗大功告成时的情景全然一样。

我们享受到了历史的艺术，也享受到了艺术的历史。

在米兰，也在以同样的目标修复举世闻名的达·芬奇的壁画《最后的晚餐》。这个将历时七年的修复工程是开放式的，使我们得以看到修复人员的工作方式。

由于达·芬奇当年作画时不断更换和试用新颜料，这幅壁画尚未完工就开始剥蚀，如今它已成为世界上残损最严重的壁画之一。此刻，技术人员站在画前的铁架上，以每一平方厘米为单元精心修饰。粗看这些技术人员一动不动，好似静止；细看他们的动作缜密又紧张，犹如外科医生正在做开颅手术！

然而，说到最令我震动的，却不是在这些艺术的圣殿里，而是在街头——

居住在佛罗伦萨那天，晨起闲步，适逢一夜小雨，拂晓方歇，空气尤为清冽；鸟声也更明亮。此时，忽从高处掉下一块墙皮，恰有一位老人经过，拾起这墙皮。墙皮上似有彩绘花纹，老人抬头在那些古老的房子上寻找脱落处，待他找到了，便将墙皮工工整整立在这家门口，像是拾到这家掉落的一件贵重的东西。

我不禁想，如果这事发生在我们的城市里，谁会这样做？

我对一位朋友说起这事。当时我的情绪有些激动。我的朋友笑道："你的精神是不是有点儿奢侈？"

我一怔，默然自问，却许久不得答案。

1996年第2期《天涯》首发

精神的殿堂

人死了，便住进一个永久的地方——墓地。生前的亲朋好友，如果对他思之过切，便来到墓地，隔着一层冰冷的墓室的石板“看望”他。扫墓的全是亲人。

然而，世上还有一种墓地属于例外。去到那里的人，非亲非故，全是来自异国他乡的陌生人。有的相距千山万水，有的相隔数代。就像我们，千里迢迢去到法国。当地的朋友问我们想看谁，我们说：卢梭、雨果、巴尔扎克、莫奈、德彪西等一大串名字。

朋友笑着说：“好好，应该，应该！”

他知道去哪里可以找到这些人，于是他先把我们领到先贤祠。

先贤祠就在我们居住的拉丁区。有时走在路上，远远就能看到它颇似伦敦保罗教堂的石绿色的圆顶，我一直以为是一座教堂。其实，我猜想得并不错，它最初确是教堂。可是在法国大革命期间，曾用来安葬故去的伟人，因此它就有了荣誉性的纪念意义。到了一八八五年，它被正式确定为安葬已故伟人的处所。从而，这地方就由上帝的天国转变为人间的圣殿。人们再来到这里，便不是聆听神的旨意，而是重温先贤的思想精神来了。

重新改建的建筑的入口处，刻意使用古希腊神庙的样式。宽展的高台阶，一排耸立的石柱，还有被石柱高高举起来的三角形楣饰，庄重肃穆，表达着一种至高无上的历史精神。大维·德安在楣饰上制作的古典主义的浮雕，象征着祖国、历史和自由。上边还有一句话："献给伟人们，祖国感谢他们！"

这句话显示这座建筑的内涵，神圣又崇高，超过了巴黎任何建筑。

我要见的维克多·雨果就在这里。他和所有这里的伟人一样，都安放在地下，因为地下才意味着埋葬。但这里的地下是可以参观与瞻仰的，一条条走道，一间间石室，所有棺木全都摆在非常考究和精致的大理石台子上。雨果与另一位法国的文豪左拉同在一室，一左一右，分列两边。每人的雪白大理石的石棺上面，都放着一片很大的美丽的铜棕榈。

我注意到，展示着他们生平的"说明牌"上，文字不多，表述的内容却自有其独特的角度。比如对于雨果，特别强调由于反对拿破仑政变，坚持自己的政见，遭到迫害，因而到英国与比利时逃亡十九年。一八七〇年回国后，他还拒绝拿破仑第三的特赦。再比如左拉，特意提到他为受到法国军方陷害的犹太血统的军官德雷福斯鸣冤，因而被判徒刑那个重大的挫折。显然，在这里，所注重的不是这些伟人的累累硕果，而是他们非凡的思想历程与个性精神。

比起雨果和左拉，更早地成为这里“居民”的作家是卢梭和伏尔泰。他们是十八世纪的古典主义的巨人，生前都有很高声望，死后葬礼也都惊动一时。一七七八年伏尔泰送葬的队伍曾在巴黎大街上走了八个小时。卢梭比伏尔泰多活了三十四天，在他死后的第十六年（一七九四年），法兰西共和国举行一个隆重又盛大的仪式，把他迁到先贤祠来。

将卢梭和伏尔泰安葬此处，是一种象征，一种民族精神的象征。这两位作家的文学作品都是思想大于形象。他们的巨大价值，是对法兰西精神和思想方面做出的伟大贡献。在这里的卢梭的生平说明上写道，法兰西的“自由、平等、博爱”就是由他奠定的。

卢梭的棺木很美，雕刻非常精细。正面雕了一扇门，门儿微启，伸出一只手，送出一枝花来。世上如此浪漫的棺木大概唯有卢梭了！再一想，他不是一直在把这样灿烂和芬芳的精神奉献给人类？从生到死，直到今天，再到永远。

于是，我明白了，为什么在先贤祠里，我始终没有找到巴尔扎克、斯丹达尔、莫泊桑和缪塞，也找不到莫奈和德彪西。这里所安放的伟人们所奉献给世界的，不只是一种美，不只是具有永久的欣赏价值的杰出的艺术，而是一种思想和精神。他们是鲁迅式的人物，却不是朱自清。他们都是撑起民族精神大厦的一根根擎天的巨柱，不只是艺术殿堂的栋梁。因此我还明白，法国总统密特朗就任总统时，为什么特意要到这里来拜谒这些民族的先贤。

一九五五年四月二十日，居里夫人和皮埃尔的遗骨被移到此处安葬。显然，这样做的缘由，不仅由于他们为人类科学做出的卓越的贡献，更是一种用毕生对磨难的承受来体现的崇高的科学精神。

读着这里每一位伟人的生平，便会知道他们中间没有一个世俗的幸运儿。他们全都是人间的受难者，在烧灼着自身肉体的烈火中去找寻真金般的真理。他们本人就是这种真理的化身。当我感受到他们的遗体就在面前时，我被深深打动着。真正打动人的是一种照亮世界的精神。故而，许多石棺上都堆满鲜花，红黄白紫，芬芳扑鼻。这些花是来自世界各地的人天天献上的，它们总是新鲜的。有的是一小枝红玫瑰，有的是一大束盛开的百合花。

这里，还有一些“伟人”，并非名人。比如一面墙上雕刻着许多人的姓名。它是两次世界大战中为国捐躯的作家的名单。第一次世界大战共五百六十名，第二次世界大战共一百九十七名。我想，两次大战中的烈士成千上万，为什么这里只是作家？大概法国人一直把作家看作是“个体的思想者”，他们更能够象征一种对个人思想的实践吧！虽然他们的作品不被人所知，他们的精神则被后人镌刻在这民族的圣殿中了。

一位叫作安东尼奥·圣修伯利的充满勇气的浪漫派诗人也安

葬在这里。除去写诗，他还是第一个驾驶飞机飞越大西洋、开辟通往非洲航邮的功臣。一九四三年他到英国参加戴高乐将军的“自由法国”抵抗运动，在地中海的一次空战中不幸牺牲，尸骨落入大海，无处寻觅。但人们把他机上的螺旋桨找到了，放在这里，作为纪念。他生前不是伟人，死后却得到伟人般的待遇。因为，先贤祠所敬奉的是一种无上崇高的纯粹的精神。

对于巴黎，我是个外国人，但我认为，巴黎真正的象征不是埃菲尔铁塔、不是罗浮宫，而是先贤祠，它是巴黎乃至整个法国的灵魂。只有来到先贤祠，我们才会真正触摸到法兰西的民族性，她的气质，她的根本，以及她内在的美。

我还想，先贤祠的“祠”字一定是中国人翻译出来的。祠乃中国人祭拜祖先的地方。人入祠堂，为的是表达对祖先的一种敬意、崇拜、纪念、感谢，还有延续下去并发扬光大的精神。这一切意义，都与法国人这个“先贤祠”的本意极其契合。这译者真是十分的高明。想到这里，转而自问：我们中国人自己的先贤、先烈、先祖的祠堂如今在哪里呢?

2001.6

孤独者的自由

当你和一位作家过从甚密，便会产生一种担心——这家伙会不会哪一天把你写进小说？

你的担心极有道理。作家能够真正写活、写得入木三分的人，恰恰都是与他贴近的人。即使虚构的人物，也常常从熟悉的人的身上“借用”一些情节和细节。借用太多便会“酷似”某某人，这就免不了招来麻烦。最典型的例子是，契诃夫在《跳来跳去的女人》中惹恼了他的好友列维坦，左拉在《杰作》中深深伤害了他一生的挚友塞尚。这两个例子有个特别的相同之处，就是被无辜遭到“侵犯”的皆为画家。但不同的是，事后契诃夫与列维坦重归于好，左拉与塞尚却终生绝交，至死不再见面。

从作家角度说，这真是没办法的事。因为在他朋友身上发生的事实在太诱惑了。可是谁去体验一下画家们内心深处那种难言的痛苦呢？比如塞尚。

与左拉的关系，贯穿着塞尚的一生。

这两位巨人的友谊，始自一八五二年。那一年他们一同进入法国南部普罗旺斯地区艾克斯的包蓬中学。左拉十二岁，塞尚十三岁。他们志趣相投，很快结为伙伴。学习之外，一起去游泳、钓鱼、爬山。人高马大的塞尚还成了弱小的左拉的保护者。而共同的理想、抱负、见解和野心，在他们心中描绘着相同的未来。后来他们都千里迢迢北上到了巴黎，左拉从文，塞尚事画。从成长到成功几乎全在一个城市里。左拉又是作家中唯一涉足画坛并举足轻重的人物。可以说，他是印象派运动的发动者。但为什么他偏偏要把自己的挚友塞尚写进小说，并写成一个艺术事业上彻底失败的人物呢？

我们去艾克斯那天正赶上周末。艾克斯市比一个镇还小。偏爱传统生活方式的普罗旺斯的人在周末总是起床很迟。我们的车子在城中转了两三转，才打听到塞尚故居所在的那条劳伏街。这条用石块铺成的小街又窄又长，有些弯曲，而且是爬坡，车子上不去。徒步往上走时，脚掌还得用点儿力气呢！街上极静，走了一百来米，才见一位老人迎面走下来。我说："看，塞尚来了。他要到下边的包列贡街吃早饭去。"大家笑了，继续往上走。待与这老人走近时，便问塞尚故居是哪一个门。老人说："你们走过了。"他朝下指了指说，"那个就是。"

一扇不起眼的暗红的门板。门两旁的石墙快给从院内涌出的繁盛的绿藤整个包住了，连"塞尚画室"的标志牌也给遮住。看上去不像是“故居”，好像塞尚还在里边。我屈指敲门。门声一响，忽然弄不清是想敲开塞尚的家，还是想敲开藏着许多秘密和答案的历史？

塞尚的性格是他与别人之间的一道墙。一八六一年，他刚到巴黎的苏维士学院学画，就对人际交往频繁的巴黎生活非常不适，几个月后便返回老家艾克斯。尽管强烈的绘画愿望使他不得不重新再去巴黎那个绘画的中心，但他总是待一阵子又走一阵子。塞尚的天性内向，为人拘谨，但又有情绪忽然紧张起来的神经质的一面。他最重要的问题，不是别人接近他困难，而是他难于接近别人。

十九世纪六十年代到七十年代是印象派的形成期。巴黎的画家们十分活跃。无论是在左拉家中常常举行的“星期四聚会”，还是在巴提约尔大道十一号的盖尔波瓦咖啡馆里，塞尚通过左拉结识了马奈、莫奈、雷诺阿、德加、芳汀、克洛德、丢朗提等一大群画家。这些画家正酝酿着绘画史上一场伟大的革命。在这场革命中他们将把绘画从空气凝滞的画室带到大自然灿烂的阳光里。左拉把这即将掀起的艺术大潮称作“自然主义绘画”。他实际是这个画家群体——他们自称作“巴提约尔集团”——思想上的领导者。在印象主义者们翻开绘画史新的一页时，是他向全欧洲宣告：“古典风景画被生命和真理灭绝了！”

虽然塞尚也是这运动的一员，他也声称“我决定不在户外就不画”，但他无法融入这个画家群体。他不喜欢高谈阔论，不喜欢乱哄哄人多嘴杂的场合，忍受不了与自己截然相反的见解，甚至会嫌恶个别的人，比如马奈。在别人眼里，塞尚也叫人反感。大家受不了他粗俗的穿戴，举止任性，很难与他沟通和融洽。尽管一八七四年四月十五日举行的历史性的“无名艺术家协会”的展览会（即首次印象派画展）上，塞尚是参展的一员，但事先就遭到了画家们的反对。在展览会上，他独异的画风还受到公众的嘲笑。在印象主义一开始，似乎他与大家风马牛不相及。可以说，在当时的法国，印象派是一种“另类”；在印象派群体之中，塞尚又是一个另类。他是另类中的另类，一个和谁也不沾边的个体。此中的缘故，就不是他的个性了，而是他的绘画本身。他和当时的印象派（早期印象派）有根本的不同。

塞尚实际上是埋藏在早期印象派中的一个叛逆。这是当时谁也没有看出来的——包括左拉！

在当时，两个艺术时代——古典画派与印象派之间的斗争中，塞尚属于印象派这一新的时代。他和凡·高一样，都把画架搬到田野中，面对阳光下的世界作画。但是他和凡·高在骨子里与莫奈、德加、雷诺阿、毕沙罗等人是不同的。一八七六年塞尚给毕沙罗的信中说：

> 太阳的光线如此强烈，让我感到物体的轮廓都飞舞了起

来……但是，这可能是我看错了。我又觉得这是地面起伏的现象。

显然，凭着他天才的悟性，他刚刚迈入印象主义，马上就不满足户外作画带来的视觉上的快感了。他反对仅仅凭“印象”作画，反对那种被现实束缚的瞬间印象。他一下子就从“印象”穿越过去，谁又能有这样的眼力与勇气？

所以在塞尚的画中，事物没有消融在炫目和缤纷的光线里。它们的本质被有力和富于意味地体现出来，从神奇的色彩里可以触摸到坚实的结构。而这严密的构成中又包含许多抽象的形态。那么——这种被塞尚自嘲地称为“灰色而臃肿的大笔画”到底应该归属于哪一个艺术的范畴？人们对孤立而无序的艺术现象总是要排斥在外的。所以乔治·摩亚干脆称他是一个：“绘画的无政府主义。”

正像古典主义不能接受印象主义一样，前期的印象主义运动也不能接受塞尚，塞尚便成了“全世界的敌人”。我们翻阅当时巴黎的报刊就会看到，当时的巴黎对他讥讽、奚落、挖苦和嘲弄简直达到了疯狂！

比如勒罗瓦在《喧噪》中写道：

如果与女士们一起去看画展，想找到最有趣的事情，就请赶快去到塞尚那幅肖像画前吧。看，那个像鞋底颜色的、奇妙的脑袋，一定会给你非常强烈的印象。他多么像得了黄热病！

这样的话举不胜举，天天闯进塞尚的眼睛。

攸斯曼斯的那本重要的书《关于现代艺术》，甚至没有给塞尚一个小小的地位！

他给巴黎抛弃了。

于是他给人们的印象，是一个彻头彻尾的失败者！他和凡·高不同，凡·高一直在圈外，至死无名；他却在圈内，在舆论中心，于是他被认定为一个有才能却误入歧途的失败者。他孤单无助，天天被各种攻击打得满身弹洞，唯一能够给以支持的是他“人生的伙伴”——左拉，可是就在这“生死关头”，左拉忽然把他拉进那部系列小说《卢贡·马卡尔家族》之一《杰作》中，把他写成一个名叫克劳德·兰蒂尔的人物。这个人物是一位固执己见、终生失意而无可救药的画家，最后走投无路而自杀！

左拉在塞尚的身后，非但没有托着塞尚的后背，给他以力量，反而挖了一个洞，把他拉了下去！

如果着意研究其中的根由，就会发现，早在塞尚和左拉到达巴黎之后，已经分道扬镳。他们在各自的世界奋斗着。虽然，他们彼此往来，相互赠书赠画，他们之间的友谊看似延长着，实际上却没有加深。这首先是不同的工作性质决定的。塞尚不主张画家做太多抽象的文学思考，他认为画家应该用眼睛去观察自然，头脑只是用来研究表现方法。他在自己的世界里涉入愈深，就与左拉的世界距离愈远。

尽管左拉关切绘画，但在艺术主张上，他与“巴提约尔集团”更趋一致。可以说左拉与马奈等人的志同道合远远超越了同塞尚源自童年那一份久远的情谊。因此，左拉在写作《杰作》而动用他与画家们交往“这一大块”生活积累时，顺手就从自己最熟悉的塞尚身上去选择细节了。左拉毫不避讳“克劳德·兰蒂尔”的一部分原型是塞尚。这表明塞尚在他心中仅仅是一位昔时的友人罢了，并没有太大的分量。

然而，具有悲剧意味的是，左拉完全不了解生活在另一个世界里失意潦倒的童年挚友塞尚，对自己却一如往昔地情真意切！故而在人生的意义上，左拉对塞尚的打击是带有毁灭性的。

《杰作》发表于一八八五年，塞尚四十六岁。这一年塞尚流年不利，事业的失败到达谷底，还经历了一次夭折的恋情，再加上最密切的朋友负情忘义——不，应该说是左拉在他人生的坠落中，又给他加上一块巨石！

走进塞尚故居的大门，一个被一些树木的浓荫覆盖的小院，一座两层的木楼，暗红的百叶窗全都打开着。简简单单，没有任何装饰。倘若不是塞尚的故居，我们一定会感觉单调乏味，然而由于它是塞尚晚年的画室，自然会感到它内在的丰富、浓郁、神秘、寂寞，还有浸透塞尚一生孤独的气息。

眼前的一切都像我们曾经在文字上看到过的。二楼上的画室真的十分高大，一面全是巨大的玻璃窗，室内饱和着普罗旺斯独具的通彻的光明。唯一一个在有关塞尚的书里没有见过的细节是，墙角有个洞，穿过楼板，通往楼下，这是当年塞尚为从楼下往画室搬运大型画布而专门设计的。

塞尚故居的布置极具匠心。画家的外衣随意似的搭在躺椅的椅背上，几个画架都支立着，有的放着一幅未完成的油画，有的挂着外出写生的背包。好像塞尚有事出门，不一会儿就会出现在门口。桌上陈列着布置好的静物。那块深灰色带暗花的背景布，那几个形状各异的水罐，那些水果，那个石膏的孩童像，都在塞尚的画中见过，现在看来便十分亲切。十来张椅子随处乱放，颜料、调色油、烛台、水瓶、酒瓶和咖啡杯铺了一地。这正是塞尚的真实。

全部精神都在想象天地里的人，生活上必定七颠八倒。塞尚的心情总是很坏，这从他缭乱的画室便能观察出来。他作画的速度十分缓慢，过程中不断推翻自己。没有成功的艺术家对自己总是疑虑重重，尤其是画家，一个人在屋子里默默地作画，没有任何观众，他怎么知道自己的画能否被人认可，是否会获得成功？对于那个死后才成名的凡·高，折磨其一生的幽灵就是这种孤独中时时会出现的自我怀疑。塞尚有神经质的一面，所以他常常会情绪低落，心情败坏，对自己发火，把自己的画摔在地上，愤怒地踩成烂饼。这一切左拉都是知道的。左拉说过：“当他踏破自己作品的时候，我便知道他的努力、幻灭和败北是怎样的了。”

显然，左拉完全清楚《杰作》对于塞尚本人意味着什么了。

开始时，塞尚表示左拉这样做是出于小说的需要。他努力维护着他们的友谊。可是当左拉声称克劳德·兰蒂尔就是塞尚时，他与左拉的友谊断交了。

尽管如此，塞尚表现得很平静，没有任何激动的言论。他的神经质也没有发作。为什么？是在舆论上所处的被动位置使他无法与左拉直言相对？是长期怀才不遇养成的骨子里的高傲使他只能保持沉默？还是他害怕这已然破裂的友谊进一步地走向毁灭？他实在太在乎与左拉这份情谊了！可以说，他对左拉的友谊是他人生“最大的情感”。当然，他与左拉中断了一切往来与书信。这一切，左拉当然明白。但左拉并没有任何良心的触动，也没有任何主动和好的表示。相反，在塞尚住在艾克斯的一段时间里（一八九六年），左拉曾从巴黎到艾克斯来看望另一位友人，居然没有与塞尚通个信儿。塞尚得知后，缄默无语，甚至脸上任何表情也没有。他把自己的内心遮盖得严严实实。

那些同是左拉与塞尚的朋友的一些人，谁也猜不到塞尚心里到底是一片怒火还是一片寒冰。一九〇二年九月，当塞尚听到左拉煤气中毒而身亡时，他当时被震惊得几乎跌倒。一连几日，坐在这画室里，不住地流泪。他为什么流泪？为不幸的左拉，还是为了永远不可能再修复的破裂的友谊？对于一个真正的男人，失去友谊与失去爱情一样都是深切的痛苦。

这痛苦一直伴随着他艺术上的孤独。

塞尚的传记作家约翰·利伏尔德说，在左拉的系列小说《卢贡·马卡尔家族》中，这本《杰作》给人一种孤立之感。因为在他的这个系列的作品中，没有像此书这样放进如此多的回忆，采用如此多的自己周围的人物。这本书的写法更接近于纪实。

无疑，左拉的这本书，不服从于卢贡·马卡尔家族的血缘与整体的一致性。他的写作冲动源于他与画家们一段共同的漫长和缤纷的历程。这样就使他的小说常常陷入具体的人和事。在这之中，塞尚之所以成为小说的“牺牲品”，最根本的缘故是左拉也认定塞尚是个失败者。也就是说，左拉用小说证实了塞尚的失败与无望。

塞尚身负巨大的压力，孤立无援，自我怀疑阵阵袭来。然而对抗这内外夹击的力量还得从自己身上吸取。塞尚说过：“如果世界只有一个画家存在，那个画家就是我。”这句话使我们忽然发现，这棵在狂风中一直没有摧折和倾倒的树木——原来树干竟是钢铁铸成的！

当然，历史证明塞尚最终得到成功。从一八九五年开始，塞尚逐渐被认可，并进入他的“胜利时期”。一方面由于他绘画个性成熟之后巨大的魅力，一方面由于世人对流光溢彩的前期印象主义的审美疲劳。当绚烂而迷人的光线渐渐消散，事物内在的表现力和造型的想象力，一点点透露出来。塞尚的魅力，不仅在于他从构图到笔触上那种独特又神奇的对角线结构，还有他的画面——在现实与幻想、写实与抽象、真实与虚构之间，存在着强大的张力，这是前期印象主义所没有的。历史的太阳终于越过高高的山脊，将大山这一边的风景全部照亮。塞尚将印象主义拉进了生机勃勃的后期。凡·高、马蒂斯等一批新人站到了舞台的前沿。

人们终于明白，塞尚是一个艺术的先觉者。但先觉者在他坎坷又漫长的历程中，总是喝尽了孤独的苦酒。

从塞尚的故居走出，登上后边的高地，便可远眺圣维克多山。这座山雄伟又坦荡的形象由于数十次出现在塞尚的笔底而闻名天下。广袤的山野上，村庄、树林与丘陵黄黄绿绿，全是塞尚的色块；在阳光下，一切景物强烈又坚实的轮廓，使我们想起塞尚有力的笔触，还有他那句诗意的话：

“我们富饶的原野吃饱了绿色与太阳。”

塞尚经过十五年的舆论非难，开始被世人认识之时，他却回到艾克斯隐遁下来。他没有在巴黎品尝获取成功后的甘甜，而是躲到遥远的故乡一如既往地继续苦苦地追求他的理想。艺术家的道路没有终点也没有顶峰，只有不断地艰涩地攀援的过程。于是他在艾克斯的日子依然辛劳与寂寞。他终生是一个人一声不吭地面对着画布。

晚年的塞尚又被糖尿病所折磨，他依然天天背着画架与画箱在山道上上下下。昔日巴黎的那些恶意的舆论他如今还想得起来吗？左拉留给他的那些又温馨又残酷的人生画面呢？

在写生中，他时时会走过阿尔克河。半个世纪前，他和左拉常来这里钓鱼和游泳。喧响的河水多么像他们往日的欢声！

一九〇六年，艾克斯的图书馆为左拉制作了一尊胸像，塞尚被邀请参加揭幕仪式。塞尚与左拉共同的老友纽玛·柯斯特讲话时，回忆起他们的童年往事。这一下，塞尚忽然失声痛哭，而且劝慰不止。这哭声让人们感受到强烈的震动，并由此忽然懂得这位艺术家内心深厚的情感和深切的孤独。

但是不要以为孤独仅仅是人生的不幸。

塞尚说：

“孤独对我是最合适的东西。孤独的时候，至少谁也无法来统治我了。”

他说出孤独真正的价值。

孤独通向精神的两极，一是绝望，一是无边的自由。

2001.7.26

萨尔茨堡的性格

小小的山城中一半以上是游客，怎样从中一眼就辨认出萨尔茨堡人来？我同来的伙伴说，随身带伞的人准是萨尔茨堡人。

这话没错。萨尔茨堡是个阴晴不定的城市。可是它不像巴黎那样——一阵雨把脑袋淋湿，紧跟着拨开云层的太阳又把头发晒干。萨尔茨堡的雨常常没完没了。整整一天把你拦在屋里发闷发愁，转天醒来，它在窗外依然起劲地下着。一条条长长的亮闪闪的雨丝无止无休，无法斩断，本地人称这种雨为“绳子雨”。

一些旅店和餐馆总是在门口备了雨伞。遇到雨的客人们随时可以拿去一用。当你从伞桶里抽出一把雨伞，按一下伞把上的开关，“唰”地将一块晴天撑到头上时，便会感受到此地人的一种善意与人情。

城中的老街粮食街很像一条巨大蜈蚣，趴在那里。这条蜈蚣太古老，差不多已经成了化石。天天都有成百上千的游人在蜈蚣身上走来走去，寻古探幽。

且不说街上那些店铺的铁艺招牌，一件件早已够得上博物馆的藏品。连莫扎特故居门前手拉门铃的小铜把手，也依旧灵巧地挂在墙上。它至少在一百年前就不使用了，但谁也不会去把它取下来——删节历史。因为最生动的历史记忆总是保留在这些细节里。

这里先不说萨尔茨堡人的历史观，往细处再说说这条老街。

任何老街都不是规划出来的，它是人们随意走出来的，所以它弯弯曲曲，幽深而诱惑。走在粮食街上，我很自然地想起意大利文艺复兴时期的名城西耶纳的那条老街，狭窄又曲折，布满阴影，没有边道；夹峙在街道两边的建筑又高又陡，墙壁上千疮万孔，到处是岁月沧桑的遗痕。

从这条老街两边散布出去的许许多多的小巷，好似蜈蚣又细又密的腿。一走进去，简直就是进入意大利了。这长长的巷子，大多在中间都有一个天井式的院落，四边是三层的罗马式的回廊。只有在中午时分，太阳才会由中天投下一小块叫人兴奋的阳光，使人想起卡夫卡对这种意大利庭院一个很别致的称呼：阳光的痰盂。只靠着这点儿阳光，每个庭院都是花木葱茏，常青藤会一直爬到房顶去晒太阳。

如果从粮食街直入犹太巷，再拐进莫扎特广场，意大利的气息会更加强烈地扑面而来。

那些铺满阳光的广场，那些森林一般耸立着的雪白的教堂，那些生着绿锈的典雅的屋顶，一群群鸽子在这中间飞来飞去。

从中，我们立刻感受到萨尔茨堡一千年政教合一的历史中，大主教至上的权威——他们的威严和尊贵！瞧吧，当年这些来自罗马的大主教们，多么想在这里过着和梵蒂冈中教皇一样的生活，多么想把萨尔茨堡建成“北方的罗马”！

萨尔茨堡不同于奥地利任何城市，与其相差最远的是维也纳。

维也纳建在一马平川的平原上，宏大而开阔；萨尔茨堡建在峡谷之间，狭窄而峭拔。维也纳的主人是哈斯堡王朝，雍容华贵的宫廷气息散布全城；萨尔茨堡的主宰者是大主教们，神灵的精神笼罩着小小山城。所以，至今我们可以感受到维也纳的开放自由与萨尔茨堡的沉静封闭——这种历史的气氛。甭说城市，连城市的河流也大相径庭。绕过维也纳城市中心的多瑙河，总是给艺术家们很多灵感；但是从萨尔茨堡城中穿过的盐河，却没给人们更多的诗情画意。因此，逃出大主教阴影的莫扎特发誓他再不回到萨尔茨堡。此后他竟然连一支以故乡为题材的乐曲也没有。

当然，这是历史。

不管历史是怎样的，最终它都创造了城市各自独有的性格。

于是，宗教城市的静穆，大主教历史的森严和独来独往，山城的峻拔与曲折以及本地人的自信与执着，都已经成为今天萨尔茨堡深层的人文美。

当自以为是的美国人把麦当劳建在粮食街上时，他们第一次屈从了这里的文化传统，而把那种通行于世界的、粗鄙的、红底黄字的商标——大“M”，缩成小小的、镶在一个具有本地特有的古色古香的铁艺招牌中。

全球文化在这里服从了本土文化，从中我们是否看到了萨尔茨堡人的某些性格？

再往广处说，尽管每年来到这小城中的旅客人数高达两万人，本地人的生活方式却依然故我。他们没有被成帮结队、腰包鼓鼓的旅客扰得心浮气躁，一堆堆挤上去兜售生意。那些事都由旅游部门运行得井井有条。萨尔茨堡是用“电子商务”来经营旅游最出色的地方。人们呢？静静地做着自己的工作，并按照他们喜欢与习惯的方式去生活、娱乐和度假。他们远远地避开旅游景点，不喜欢到那种挤满游客的饭店和酒店去餐饮。因为在那些地方，他们找不到生活的温情与熟悉的气息。

如果想看一看真正的萨尔茨堡人，就去奥古斯汀啤酒屋吧！在那个一间间像厂房一样巨大的木头房子里，摆着一排排长条的木桌，看上去像卖肉的案子。桌子两边是木凳。萨尔茨堡人喜欢这里所保持的传统方式——自己去买酒买肉，洗杯和倒酒。陶瓷啤酒杯本来就很重，盛满酒更重；肉是烧烤的，又大又热又香。在这里没有人独酌，全都是一群人一边吃喝一边大声说话。

如果他们想一个人安静地消磨一下，就钻进盐河边的巴札咖啡店里。这家全萨尔茨堡人都去过的咖啡店，一点儿也不讲究，但这个城市的许多历史都在这家店中。小圆桌和圈椅随随便便放在那儿，进来一坐，一杯咖啡可以让你想待多久就待多久。尽管有人说话也听不见。咖啡店的规矩和教堂一样——保持安静。它和奥古斯汀啤酒屋完全是两个世界、两种情调，但是一个传统。

如果想放纵，想连喊带叫，想与朋友热闹一番，就去奥古斯汀；如果想让精神伸个懒腰，想愣一会神儿，想享受一下宁静与孤独，就去巴札。他们一直依循着这些与生俱来的生活感觉，从不改变。他们也看电视，也打手机，也听CD，但离不开他们的奥古斯汀和巴札。

在外地人眼里，萨尔茨堡似乎有些因循守旧。甚至有人说维也纳是“音乐之城”，萨尔茨堡是“音乐之乡”，挖苦他们是乡下人。但一位萨尔茨堡人骄傲地说，我们这儿的女孩子从来没人骚扰。

在当今世界，很多城市由于旅游业兴旺，当地的人文风气发生骤变。商业扭曲和异化人们的心灵，然而萨尔茨堡人却岿然不动。他们本分，诚实，循规蹈矩，甚至看上去有点儿木讷，但叫你信任不疑。外地旅客不识德语与奥国的硬币，买了东西，常常将一把硬币捧给他们，让他们拿，他们绝不会多拿一分钱。可是如果在威尼斯和巴塞罗那谁这样做，谁就是傻子。

民风的淳朴来自他们的传统。他们怎么使这传统在利欲熏心的商品世界里不瓦解、不松动？原因其实只有一个：他们深爱甚至迷恋着自己的传统。不要以为他们只是凭着一种传统的惯性活着。在大主教广场上，我看过他们举行的一个非常特殊的活动。一些身穿巴洛克时代服装的年轻人表演着先前的萨尔茨堡人怎么打铁、制陶、造纸、织布，以及怎么化妆、用餐和演戏，等等。我问他们为什么这么做。他们说，一方面使人们亲近传统，一方面吸引外来游客。我问他们，是为了赚游客的钱吗？

他们说，没有赚钱的目的。人家来旅游，不只为了玩和购物，更要看你的文化。我们这样做是为了宣传自己的文化。

老实说，萨尔茨堡人生活在一种很深的矛盾中。焦点就是旅游。

他们和任何旅游城市一样，天天都承受着潮水一般的游客的冲击。所有空间都是人头攒动，到处都是挎着背包和相机的陌客窜来窜去，动不动就举起相机对着他们“咔嚓”闪一下光。重要的是，生活被全部打乱、打碎。一位当地人说，萨尔茨堡已经不是我们的了，它卖给游人了。

然而，萨尔茨堡人又都明白，这座城市至少一半收入来自这些张大眼睛四处乱看的游人。何况，每当游人们被萨尔茨堡的美镇住，他们又从心底感到十分的自豪和满足。

萨尔茨堡人细致、诚恳、敬业，又很会做生意。他们善待每一位客人。每位客人进入这里的旅店，都会看到桌上放着一套“见面礼”。风光画片，旅游手册与地图，一套纪念册，几粒莫扎特糖球，有时还有一顶太阳帽。而为旅客想得如此周到的，不仅仅是旅店，还有餐馆、剧场、车站和各个著名的景点。他们抓住任何一位游客，让人充分享受到这里的精华。关键还是由于，他们真正懂得自己家乡的文化之美在哪里。

可是，如果与他们进一步接触，就会觉得在什么地方与他们总有一点儿距离，一点儿隔膜。这便很自然地想到，是不是一千年大主教特立独行的历史，给这座城市造成了一种封闭？

他们很高兴外来的人喜欢他们的文化，但对外来文化却并无很大兴趣。在城中的画廊里，很少能看到现代艺术，至于美国化的流行文化更难在这里立足。

任何在文化上自成系统的地方，总会以自我为中心。也许正是这种文化上的自我，才使它特色鲜明和不可替代，因之也就更具旅游价值。

我在萨尔茨堡有一位好友，名叫威力。他出生在北意大利的米朗特，十岁来到萨尔茨堡。人说米朗特曾经属于奥地利的蒂罗尔，我却坚信他是意大利血统。他见到朋友就张开双臂拥抱，像要放声唱歌；他脸色通红，仿佛时时都是激情洋溢。他不喜欢别人打断他的话，但他要是激动起来，也无法中断自己的话。然而，这位意大利人却是一位十足的“萨尔茨堡通”。他深知这座城市每一幢房子的历史，甚至知道扔在路边每一块有花纹的老石头来自哪里。

历史在史学家手里是一堆可以查证的材料，在民俗学家口中全是能够行走的生命。

他本职工作是铁路局的电气技师，对民俗与地方史的研究则用去了他的全部业余时间。现在他退休了，他说“现在可以用全部生命的时间”了。前几年，州政府颁发给他一枚金质奖章，奖掖他对萨尔茨堡的地方史做出的出色贡献，后来别的组织也要向他颁奖，他却说，不要了，一个就足够了，这些事多了会很麻烦。他说：“最重要的不是我，而是萨尔茨堡。”

我问他，为什么他会这么爱萨尔茨堡。

他说：“因为它的魅力！”

好像说一位他视如生命的女人。

我发现这个意大利血统的人激动起来，不但脸更红，而且眼球像通了电，目光灼亮。

后来，我在拜访萨尔茨堡音乐戏剧节组委会时，感受到在情感意义上他们个个都是威力。尽管距离七月底的音乐节还有三个月的时间，但所有筹备工作已经紧张地干起来了。在一座剧场里，人们正在吊装巨大的具有抽象意味的彩绘幕布。音乐节时，这里将上演莫扎特歌剧《后宫诱逃》。他们正在加紧制作布景和道具。

已经有八十多年历史的萨尔茨堡音乐戏剧节是闻名于世的艺术节。他们既有一百米宽和三十米高超大舞台的现代剧院，也有三百年历史的岩石骑术学校剧场。届时萨尔茨堡将有两千五百个临时性工作人员，为来自世界各地的二十万观众服务。他们年年如此。

这位艺术节组委会的负责人对我说：“我们要让每一位客人都爱上萨尔茨堡。”

这话叫我吃了一惊。他不是在说大话，他说得很真诚。但叫人爱上一个城市是不容易的。如果你有这个想法，一定是你自己已经深深爱上它了。

可是，一个城市是否真正强大，正是来自这个城市的人对它的爱。这种爱缘于自信。而最深层的自信来自它独有的不可取代的人文和对这种人文的理解。

我喜欢黄昏时分在城市中散步，穿行于那些迂回辗转、交错不已的老街老巷中。此刻，古老的房屋全成了高高低低群山一般的剪影了，寥落的街上已经晦暗模糊。只有那些伸向天空的教堂镏金的顶子映着夕照，闪耀着光辉。一些设在道边或街角的露天咖啡店桌上的蜡烛已然点亮。近处一个教堂的钟声方歇，远处一个教堂的钟声又起。忽然一阵钢琴声从前边的街角像一阵风似的吹来。

我感到了萨尔茨堡人对他们的传统与文化的一种依赖。

我不想评论这种依赖是耶非耶，但我却清晰地触摸到它的性格，它结实的、执着的、独立和富于魅力的性格。

2003.7.28

普希金为什么决斗?

黑河的决斗之地

圣彼得堡最令我关心的地方，就是普希金的决斗之地。尽管普希金为了爱情与尊严而与丹特士决斗的说法已成定论。但我心里还是隐藏着一个很大的疑团。我不相信发生在这样一位火一样酷爱生活和自由的诗人身上的悲剧根由会如此简单!

决斗在一八三七年一月二十七日清晨，地点在圣彼得堡近郊黑河边一块林间空地上。寒冽的大雪厚厚地铺在上边。丹特士在没有按照规定走到障碍物之前，突然回身给了普希金致命的一枪。鲜血染红白雪。

事情距今已过去一百六十年。

虽然这块“决斗之地”依然保持原貌，但已经成了市区的一个公园。远处的公路上小汽车成串地飞跑着。我们把汽车停在一条小道旁，下车穿过草地，直奔前边一片疏落的杂树林走去。一条干涸的小河床弯弯曲曲地躺在地上，这大概就是当年著名的黑河了。但河床已经变得很窄很浅，长满野草，几乎快和地面平了，完全成了一种史迹。河床上远远近近还横着腐朽的木头，这大概是倾圮已久的一些老桥的残骸吧。幸好俄罗斯人没有把这个游客经常光顾的地方当作旅游资源来开发，才使得这里的一切都保持着历史的原生态。包括寂静的气息。

如今，在普希金和丹特士决斗时站立的地方，各竖着一块石碑。一样的灰红色的花岗岩石板，一样大小，两块石碑相对而立，很像他们决斗时的样子。我用步子量了量两座石碑之间的距离，正好九步。

当时，丹特士被中弹后的普希金还了一枪，但没有击中要害。他没有因决斗而死。他的石碑只是一种标志，只有姓名。普希金的石碑正面刻着：

在黑河这个地方，一八三七年一月二十七日（新历二月八日），伟大的俄罗斯诗人普希金在决斗中受伤致死。

石碑的背面刻着莱蒙托夫在普希金逝世那天所写的那首举世皆知的《诗人之死》开头的几句：

诗人死了！光荣的俘虏！
他倒下了，是为流言中伤，
胸膛里带着铅弹和复仇的渴望，

他垂下了高傲的头颅！

今天读起来，诗句中仍然激荡着难抑的悲愤之情。

此时是五月天气，两座石碑之间绿草如茵，开满了繁密的黄色的蒲公英和白色的野菊，这使我怎么也感受不到一八三七年决斗那天大雪过后肃杀的气氛。可是，当我身倚着普希金这边的石碑，朝着对面的石碑望去。阳光正巧照在丹特士那边光滑的碑面上，放射出强烈的、白色的、刺目的反光。使我恍惚间听到“嘣”的一声炸毁一切的枪响。

我脑袋立即冒出普希金死前最后的那句话：

“生命完结了！”

我始终琢磨着他这句话的意味。是一种崩溃一般的绝望，是彻底的摆脱，是灵魂快乐的升腾，还是一句生命的诗？

年轻时我读《普希金传》时，读到这一句，我掉下泪来。

折断翅膀的飞鸟

其实普希金的悲剧在他中学毕业时就开始了。

读一读他在学校时写的那首名诗《致同学》吧。他高歌：

自由——

在我胸中沸腾！

一个伟大民族的精神
没有在我的身上打盹。

这年他十六岁。

一个天性敏感、坦白真率、容易激动、酷爱自由、充满反抗精神的人。但是，他走出皇村学校就进入了沙皇政权的外交部，充当一名十等文官。这一只原本自由的鸟没有飞上天空，就被关进牢笼。而他终身都没有离开沙皇的控制，一直到他决斗时中弹为止。

然而，普希金的心和他的笔始终是自由的。他抗议沙皇的残暴，颂扬自由，呼唤新生活的降临。这样，三年后他就惹怒沙皇亚历山大一世，被放逐到南俄，流放达六年之久。

一八二五年，亚历山大一世突然驾崩。在激烈的宫廷斗争中，发生了十二月党人的起义。但起义被亚历山大的一个兄弟尼古拉残酷镇压而失败。尼古拉继位登极。

这时，普希金对尼古拉呈上《请求书》，请求准予他自由。应该说普希金这一步是错误的。虽然普希金不是革命的十二月党人的成员，但被捕的成员的身上差不多都揣着普希金呼唤自由的诗篇。十二月党人和他的社会理想是一致的。他怎么反倒对沙皇尼古拉抱有希望呢？甚至还幻想尼古拉推行改革，重视教育，并能像彼得大帝一样成为“开明而宽容的君主”。这是一种天真吗？据说尼古拉没有以煽动罪逮捕他，关键由于茹科夫斯基等人的说情。茹科夫斯基一方面是优秀的诗人，爱惜普希金的天才；一方面是宫廷的教师，维护沙皇体制。他主张尼古拉用怀柔之术将这位影响巨大的“精神领袖”普希金拉到自己一边。沙皇尼古拉听从了茹科夫斯基的意见，决定赦免普希金。

一八二六年九月八日尼古拉召见普希金。他问普希金：

“如果你在圣彼得堡，会不会参加十二月党人的起义？”

普希金坦率回答：“一定会！我所有的朋友都参加了，我不会不参加。只不过因为我不在彼得堡，才幸免于难。”这几句话是典型的诗人的回答。

尼古拉对他说：

“假如给你自由，你能不能改变你的思想与行动？”

普希金想了想，点头表示应允。

当然，普希金并没有放弃他的社会理想，以及诗的真诚。他既没有背弃朋友，也没有把杰尔查文、茹科夫斯基作为自己的楷模。但是沙皇尼古拉给他定下一条比任何检查制度还苛刻的条例，即普希金所写的一切东西都要先由尼古拉皇帝本人过目。

这好比要折断鸟的翅膀！诗人的心灵被紧紧夹在沙皇手中巨大的铁钳里。

我在想，是普希金把自己送给沙皇的吗？如果说普希金对新登基的尼古拉抱过幻想，那么幻想都成了噩梦，因为沙皇尼古拉把十二月党人全部处以绞刑；如果说他为了获得写作的自由而做了妥协与让步，他真正得到的却是灭绝人性的扼杀！

普希金的整个人生都是在沙皇严密的监控之下，他的一举一动始终在沙皇的视线里，他的信件常常被第三厅（沙皇的特务机关）偷阅。他没有行动自由，倘若没有沙皇的准许他是不能够随意离开彼得堡的。他一次次外出旅行的计划全都遭到了沙皇的拒绝，包括他访问中国的请求。

如果他的作品没有被沙皇“恩准”，是绝对不能发表与出版的。他的诗剧《波里斯·戈都诺夫》就是由于沙皇摇头而被搁置了六年。而那些没有出版和发表的诗篇，连在朋友中间朗诵一下都是不许可的。比如在一次军事审判中，由于从两名军官身上翻出普希金《安德莱·谢尼爱》中被审查时删掉的部分诗句，便立刻把普希金牵连到一桩很麻烦的案子中来。

我们无论怎样去想，也想象不出一个被严严实实捆缚着的灵魂是什么滋味。

波尔金诺的秋天

我在研究普希金创作年谱时发现，他最重要的著作都是在离开圣彼得堡时写出来的。主要有三次，这三次都是他创作的高潮期。

第一次是从一八二〇年至一八二五年流放期间。他著名的长篇叙事诗《高加索的俘虏》（一八二一—— 一八二三年）、

《强盗兄弟》（一八二一—— 一八二二年）、《巴赫切萨拉伊的泪泉》（一八二一—— 一八二三年），等等，都是这期间写的。一八二三年他一度被押送到普斯科夫省他父母的领地米哈伊洛夫斯克村，交由地方当局与教会监视。生活得虽然十分孤寂，身边只有童年时的老保姆陪伴着他。他的写作反而出现了高潮。他完成了长诗《茨岗》、诗体小说《努力伯爵》、历史剧《鲍里斯·戈都诺夫》等一系列重要作品，并着手来写他堪称俄罗斯文学经典之作的《叶甫盖尼·奥涅金》。这些作品奠定了他在俄罗斯诗坛至高至上的位置。

第二次是一八三〇年九月，他去到父亲的领地波尔金诺村处理田产。正赶上瘟疫流行，交通阻隔，他蛰居于这个僻远的乡村里，却进入了所谓“波尔金诺的秋天”的黄金般的创作时期。他不仅写完了巨作《叶甫盖尼·奥涅金》，又写了《莫扎特和沙莱里》《石客》《瘟疫流行时的宴会》和《吝啬的骑士》四部小悲剧，童话诗《神父和他的长工巴尔达的故事》，还完成了《别尔金小说集》全部五篇小说——《射击》《暴风雪》《驿站长》《棺材商人》和《乡下姑娘》。在我们读这些诗和小说时，便会感受到他的灵感好似节日的烟火那样灿烂地迸发着，还有他的心境轻松、愉快、自由和玻璃一般的光亮透明。正是这样的心境使他如江河狂泻，在短短三个月完成如此大量的杰作。一旦诗人的心被松绑了，他会创造出多么伟大的奇迹来！

第三次是一八三三年。他准备写十八世纪布加乔夫起义的历史，需要搜集相关材料。他从沙皇尼古拉那里获得四个月的假期。但他所去的几个省却都得到密令，对他严加监视。十月初，普希金提前结束考察，再次跑到波尔金诺村。这次他只有一个半月的时间，但他的收获更加惊人。在没有盯梢与偷窥的环境里，他的笔神奇般地流畅，一口气不但完成了《布加乔夫起义史》，而且写出那部不朽的童话诗《渔夫和金鱼的故事》，翻译了波兰诗人密兹凯维支的两部长诗。还完成了他的两部晚期的杰作——长篇叙事诗《青铜骑士》和中篇小说《黑桃皇后》。

我们在其他作家中很难找到类似的现象。这种现象几乎是一种奇迹。这是自由的灵魂与专制的控制苦苦斗争的果实。但也许正是在这种严酷的高压之下，他才会有这样辉煌、神奇和巨大的喷发。于是我们一方面看到自由的心灵飞翔时的优美动人，一方面又感受到诗人所承受的灵魂上的苦难。

“够了，够了，我亲爱的！”

然而，更深的苦难是从一八三一年开始的。

一八二九年普希金在一次舞会上认识了“莫斯科第一美人”冈察罗娃·娜塔丽亚。他为她绝顶的美丽而痴迷。他不懈地去追求她而终于得到成功，他们转年订婚。一八三一年二月冈察罗娃与普希金在莫斯科结婚。在结婚的典礼上交换戒指时，普希金的戒指突然掉在地上，同时手里的蜡烛又不可思议地熄灭了。普希金轻声对自己说："这可不是个好兆啊！"谁想到，后来发生的事真的把他这句话应验了。

冈察罗娃是在上流社会养育出来的女孩子。喜欢穿戴入时，珠光宝气，在豪华而盛大的场面抛头露面，制造魅力，不停地应付着男人们蜂拥而至的殷勤。但在普希金眼里这一切都是生活垃圾。

可是普希金爱她。对于他来说，与心爱的冈察罗娃结了婚，就是达到了幸福的极致。他说："我唯一的愿望是，这一切不再改变，我再也没有什么别的妄想了。"随后，他们在圣彼得堡定居，普希金仍回到外交部供职。冈察罗娃以她的美艳与聪慧很快成了圣彼得堡上流社会最耀眼的明星。无数爱慕者与追求者包围着她，这之中包括沙皇尼古拉。

普希金陷入一种困境中。在他的心中冈察罗娃是中心。但在冈察罗娃的圈子里却没有普希金的位置。当冈察罗娃与那些达官显贵们花枝招展地翩翩起舞时，普希金只是靠着舞厅的大墙或柱子，慢慢地饮酒，吃冰激凌，消磨时光，一直等到舞会散场陪伴她回家。这种舞会常常要到凌晨三四点才结束，普希金天天都要等到这个时候。普希金因为爱她，为她忍受这一切。

但是在别人的眼里，普希金完全成了一个微不足道的男人，一个多余的人。

一八三四年的新年，尼古拉皇帝忽然下了一道命令，任命普希金为宫廷近侍卫。这个职务历来都由年轻人担任，尼古拉对已经三十五岁的普希金的“恩赐”便成了一种污辱。这表明尼古拉把这个捏在手心里的诗人完全不当一回事了。而这一任命还有更深的不可告人的目的，就是方便于冈察罗娃随时出入宫中，使沙皇自己有更多的机会与冈察罗娃见面。对于这深一层的意图普希金心里是明白的；冈察罗娃也明白，她却为此而高兴。因为，冈察罗娃对普希金的写作没有兴趣，她的全部心思都在流光溢彩的舞会上。

普希金最渴望的是逃出圣彼得堡。因为圣彼得堡使他厌倦，恶心，心情败坏，疲惫至极，什么也干不了。他在给冈察罗娃的诗《够了，够了，我亲爱的！》中写道：

够了，够了，我亲爱的！心要求平静——
一天跟着一天飞逝，而每一点钟
带走了一滴生命，我们两人理想的
是生活，可是看那——很快我们就死去。
世上没有快乐，却有平静和自由；
多么久了，这些一直使我梦寐以求——
唉，多么久了，我，一个疲倦的奴隶，
一直想逃往充满劳动和纯洁的遥远的他乡。

他一次次申请外出，都没被获准。一八三四年夏天和一八三五年夏天，他两度写辞呈，想回到乡下去生活和写作，但遭到尼古拉的怒斥。一八三五年秋天，他设法去了一趟米哈伊夫斯克村。他希望再获得一个“波尔金诺式”的创作黄金期，但是这次他竟然一无所获。他感到没有灵感，无法安静，笔管艰涩，心灵好像已经枯竭！他没有想到，圣彼得堡的垃圾生活已经快要榨干他了！

据说，普希金常常一个人在他圣彼得堡的书房里，痛苦地呼叫着：

“忧郁呀，我郁闷呀！”

为了心灵的自由

一八三六年是普希金艰难的一年。

冈察罗娃除去给普希金生孩子，对普希金的精神痛苦视而不见，完全漠不关心。她甚至没有一次陪同普希金去到乡下的米哈伊洛夫斯克村。而她奢华的穿戴与开销使得普希金难以承担。这时普希金还不过是个九品文官，年薪五千卢布，还要承担有四个孩子的家庭。而冈察罗娃个人每年就至少需要两万卢布。他欠债累累，服装店、车行、杂货店、书店的伙计们常常上门要债。普希金想以此为理由，提出辞职，要离开彼得堡。沙皇尼古拉依旧拒绝了他，答应借款三万卢布给他，还要在他薪金中扣除。

经济困窘是他很实在的一种压力。

普希金一直抱着一个文学愿望，就是办一家纯文学杂志，将俄罗斯的文学精英凝聚起来。这一时期，许多优秀的作家从文坛崛起，这些年轻人很需要支持。一八三六年四月普希金获准主办《现代人》杂志。他兴致勃勃地邀请比自己小十岁的果戈理加入编辑部的工作。但事与愿违。当时文坛风气并不好，批评界矛盾重重，像他这样非常情绪化的诗人也很难办好一份事务性很强的杂志。《现代人》办得并不景气，这也加重他已然很糟糕的心境。

一八三六年他母亲去世了。他一生敬爱他的母亲，这对他打击很大。他亲自护灵，将母亲安葬在米哈伊洛夫斯克村圣山大教堂的墓地里。在母亲坟墓的旁边，他还为自己购置了一块墓地。他为什么这样做？是为了死后永远陪伴自己的母亲，还是已经准备逃离这个世界？他在等待着一个死亡契机吗？

一八三六年夏天以来，关于冈察罗娃的绯闻已经沸沸扬扬。一方面是尼古拉的穷追不舍，一方面是法国军官丹特士对冈察罗娃公开而露骨的追求。丹特士长得英俊潇洒，舞跳得帅，口才又好，冈察罗娃对这位浪漫的法国人也同样抱有好感。于是上流社会种种暗中的讥讽与尖刻的嘲笑就落到骄傲的普希金身上。特别是那些曾经被普希金的讽刺诗嘲弄过的人物，趁机恶言恶语中伤普希金。这一切普希金完全知道，但他深爱着冈察罗娃，依然默默忍受着。

一八三六年十一月普希金收到一封匿名信，公然称普希金是

“乌龟团长”。同样的信也寄到了普希金的朋友们的手中，丑化与诽谤成了一种社会新闻。盛怒的普希金好像突然找到一条出路——按照当时的俄罗斯男人们解决纠纷的习俗，决斗是不可避免的了。

从事情的表面看，丹特士对冈察罗娃的死死纠缠不可能使事态得到缓和，普希金必然以决死的态度捍卫自己的尊严。从更深层来观察，却绝不仅仅由于这种戏剧性的情仇。

据说在普希金接到丹特士的应战书之后，心情立刻变得平静下来，好像一件大事终于可以了结。而接下来他对决斗竟然没有做任何准备，到了转天决斗之前他还没有助手。直到丹特士的助手找上门来，他才跑出去，在大街上把碰巧遇到的一个皇村学校的同学丹扎斯像抓公差那样拉来做自己的助手。而且叫丹扎斯帮他买一把枪，他自己则拿起一本书阅读。他是要去决斗，还是等候着期待中死亡的来临？

在他中弹后躺在家中时，朋友们要去与丹特士决斗，为他复仇。他反而说：“不要去，要讲和，讲和。”难道他很乐于接受仇人射来的这颗子弹吗？

他还对冈察罗娃说：“不要因为我而去责备你自己。这件事只与我个人有关。”这句话不单单是安慰冈察罗娃，还表明决斗之举的根由来自他个人的非常痛苦的难言之隐。

在他停止呼吸之前，他断断续续说了许多话，其中有一句话最重要。他说：

“这个世界上没有我活的地方。我一定要死的。显然，不应该这样。”

从上述这些细节，我们可以认定普希金的决斗是他走出困境唯一的选择。晚期的普希金被困难重重包围。他没有自由，受尽屈辱，经济困顿，事业受阻，才情衰退，心灵枯索。他被黑暗严严实实包在中间，看不到一点儿光明。当现实被黑暗堵塞，死亡往往被误认为是光明之所在。

据说，普希金与丹特士决斗的事，第三厅和尼古拉皇帝全都知道。但没有人出面制止。普希金中弹不正是他们的愿望吗？

在莫依卡河畔的普希金故居，我看到这位伟大的诗人生前的真实的生活境况。在他仅仅占有楼房一层的几间屋子，不过是简简单单一个“九等文官”的家居而已。看上去还算舒适，对于普希金却一如牢笼；他终生在监视下生存，也在监视下写作。但普希金留下的诗歌，没有一行是向皇帝示乖的、讨好的、逢迎的。他的身体被捆满绳索，他的心灵更渴望自由。这种自由被他写在每一行催动人心的诗中。这使我想到莎士比亚在《哈姆雷特》里的一句话：

就是把我放在火柴盒里，我也是无限空间的主宰者。

为此，普希金离去了一个半世纪，却依然受到人们的虔敬与尊崇。他一生都被钉在自由的十字架上，浑身流着血，但从不放弃自由的高贵与自由的尊严。

在他生命最后的一年里，他写了一首《纪念碑》。他骄傲又激情地写道：

不，我不会完全死去。在庄严的琴弦上，
我的灵魂将越过腐朽的骨灰永生。
我的名字会远扬，哪怕在这月光的世界上
仅流传着一个诗人……
我将被人民喜爱；他们将永远记着
我的诗歌所激起的善良的情感，
记着我怎样在这冷酷的时代歌颂自由
并且号召同情那些倒下的人。

现在我明白了，他的决斗实际上是一种自杀。自杀也会是一种伟大的举动。因为他自杀的目的只有一个，就是让心灵更自由。

细雨品京都

牛毛细雨绵绵密密洒落京都。这向来宁静的千年古都，多了雨声，只有雨声。偶有风来，吹飞雨点，在光亮的地方晶晶闪烁地飘舞。伞儿必须迎风撑着遮雨。日本人身小，伞儿也小，雨点儿透过我的衣服，凉丝丝贴在皮肤上，给游览古迹带来诸多不便。糟糕……可是，一仰头，重峦叠翠，烟雾空蒙，清水寺的山门宝塔就立在这之间。日本的塔尖，修长似剑，在细雨霏霏中更显峭拔之势。此时，隔过山谷，飘起一缕轻岚，在空谷中白纱一般地游动，使人想起喜多郎的声音。这缕轻岚，正好从山那边耸立的一座橘色琉璃佛塔前飞过，佛塔一点点模糊又一点点清晰出来，烟岚飞去，塔身竟像给拭过那样洁净光亮……其实这是雨水的反光。在金阁寺里我发现，那雨中镀金的金阁反比阳光下的金阁更加夺目，景象真是奇异。还有花草松竹，给雨水一洗，更艳更鲜更亮更香，而花味草味松味竹味，似乎也更加清新醉人。是来自苍天的雨激发出大地万物的生命气息吗?

金阁寺一株六百年的古松，被园林艺人修剪成船的形状， 名为“松之舟”。当年列岛上一无所有，最早的一切都是渡海从朝鲜和中国学来的，船就成了日本人的崇拜物。如今它所有松针都挂满雨珠，珠光宝气，倒像一只珍珠船……我想到去年来此，秋叶正红，一些精美娇艳的红叶落在这松船上，我还对同行的一位日本朋友说，应该叫“枫之舟”。如果冬日里它落满厚厚的一船白雪呢？日本大画家的名字“雪舟”两字，忽然冒了出来……

最美的景色，便在任何时候都是美的，无论仲春或残秋。好似一个女人，无论青春年少还是银丝满头，她都美。真正的美是一种气质。那么——

京都的气质呢？

这座至今整整有一千二百年历史的昔日都城，从皇室故宫、豪门巨宅到庙宇寺观，举目皆是。国宝文物，低头可见。如果导游向你介绍这些古迹古物的由来与传说——他手指的地方，几乎每移动一尺，就能讲出长长的一个故事。但死去的时光并不能吸引我。使我着迷的，分明是一种活着的、长命的、深切的东西，它是什么呢？

走出大云山龙安寺，穿过夹在竹栏间的沙石小径，低头钻过低垂下来的湿淋淋的繁枝密叶。陪同我们的朝日新闻社的村潋聪先生和町田智子女士，引我们走入一处庭院。临池倚树是一间精雅的房舍。我们坐在清洁的榻榻米上，吃这家小店特有的煮豆腐，享受着传统生活的滋味。窗扇半开半闭，可见院中怪石修竹，野草闲花，以及它们在池中的倒影。一只巴掌大的花蝶，一直在窗外的花丛上嬉舞，时飞时憩，亦不飞去。好像经过训练，点染风光，以使游人体味到千百年前京都贵族高雅悠闲的生活意趣。日本人对自己的历史尊崇备至，砂锅煮豆腐如今改用电炉加热，电门却放在暗处，好让游人的全部身心全都沉湎于历史中。这样我就找到京都的魅力了吗?

近黄昏时，町田智子问我：

“你们想到什么地方用餐？”

“当然是日本馆。中国餐可以回国后天天吃。希望是地道的京都小馆。”

撑着伞走进一条湿漉漉的老街。掀开日本式的半截的土布门帘，进了一家小馆。这种日本民间小馆，一切风习依旧，愈小愈土，愈土愈雅。从文化的眼光看，愈土才愈富有文化的原生态和文化的意味。

进门照例是脱鞋，穿过纸糊的方格隔扇，一屈腿坐在清凉光滑的竹席上。跟着是穿和服的妇女端上陶瓷和大漆的餐具，放在矮腿的小台桌上。但这一切不是旅游性质的仿古表演，不是假模假样的旧习俗的演示，而是千百年来传衍至今的不变的过去。

中国菜讲究“色、香、味”，日本菜讲究“色、形、味”。变了一个形字，日本饮食文化的特征就出来了。墨色的漆盘放一片菱形的鲈鱼片，嫩白的鱼肉上斜摆两根纤细的紫菜，上边再点缀一朵金黄色小小的菊花。日本人真是不折不扣传承自己先人留下的美。那床棚处，依照传统方式，下角摆一个“清水烧”的陶瓶，瓶中插一朵饱满的棠棣花，再撇出几根风船葛，中间竖着一根轻柔的白荻。也人工，也自然。日本的插花是把精巧的人工和充满生机的大自然融成一体。床棚正面的板壁上，垂挂一幅书法，只一个“花”字，淡墨湿笔，字形松散，笔迹模糊，带着花的温情与清雅，也引起人对花的联想。中国艺术的“空白”以及佛教的顿悟——都叫日本人“拿来”了。

妻子同昭忽有所感，对我说：

“雨天里，在这种地方倒蛮有味道。”

町田智子好像被这话启发出什么来，眸子一亮，点点头。

我不禁扭头望望窗外。小小院落，木墙石地，都因雨水而颜色深重。一束青竹，高低参错，疏密有致，细雨淋上，沙沙作响。仔细听——雨打在竹叶上的声音轻，在叶子上积水而滴落的声音重。前者连绵不断，后者似有节奏，好像乐器在协奏。大自然是超时间的，它这声音把历史拉回到眼前，并把墙上书法的境界、瓶中插花的幽雅、桌上和式饭食独有的滋味，还有这说不出年龄的老店的历史感，融为一体，令我莫名地感动起来。我知道，是这列岛上积淀了千年文化的精灵感染了我……带着这感受饭后在老街上走一走，那沿街小楼黝黑而耗尽油水的墙板，那磨得又圆又光的井沿，那千百年被踏得发光的石板路面，以及一盏一盏亮起来、写着黑字的红灯笼……仿佛全都活了，焕发出古老的韵味，以及遥远又醇厚的诗意。这意味和气息是从历史升华出来的。只要你感受到它，过后你可能忘却这些旧街老巷名胜古迹的具体细节与来龙去脉，但会牢牢记住这种气息与滋味。

因为，文化不只是知识，它是人创造的精灵。

1994.10

伍……

艺术，将等闲变成幸福的力量

忧伤的音乐最容易进入心底，

内心的图画最容易看清，

饱满生活写出的文学最容易动人心魄。

胸无成竹的快乐

友人见我伏案作画，便说凡事不能两全，你不如“弃文从画”算了。我问何故“弃文从画”而不“弃画从文”？

友人说，看你——白纸铺案，信笔挥洒，水墨淋漓，浓淡相渍，变化万千，妙不可言；情趣多为偶然，意味也就无穷。绘画充满这样的偶然，作画时便充溢着快感，无怪乎画家大多高龄长寿，白首童颜，不知老之将至；而写作却是刻意为之，搜索枯肠，绞尽脑汁，常年笔耕，劳损形容，竭尽心血，早衰早病，往往掷笔之日也正是撒手人寰之时了！

我听罢笑道，错矣！你说那搜索枯肠、绞尽脑汁的写作，恐怕是指那些错入文坛的人吧。写作自然要精雕细刻，字斟句酌，语不惊人死不休，甚至制造一种独属于自己的文体，一种语调，一种文字结构。那真如创造一个太阳。然而一旦找到这种叙述状态和文字方式，就好比卫星进入轨道，在无边无际银灰色的太空里无阻力地悠悠滑行。无数奇景幻象，迎面飞来；那些亮煌煌的星球，是一个个奇特而发光的句子。写作进入心态才是最自由的状态；你一旦叫你自己吃惊，那才是达到了最令人迷醉的写作境界。一时，飘飘如仙，随心所欲，前不知由何而起，后不知为何而止。好比旅游，一切快乐都在这笔管随同心灵的行程之中。这一切，不都与绘画一样——充满了偶然又享受了偶然？谁说写作只是一种精神的自我惩罚或灵魂服役般的劳作？

由此而论，散文随笔的写作，胜似小说。不必为虚构的人物故事去铺陈与交代，也不必费力地把虚构的变为比真实的更可信。只要心有意态，笔有情氛，信马由缰，收桨放舟，乱花飞絮，野溪奔流，一任天然。这种写作，无须谋篇布局，也无须思考周详，一旦开笔，听任心灵的解脱与呈现；大脑愈有空白，笔下愈有意外而惊人的灵性出现。小说写作应胸有成竹，散文随笔当胸无成竹。竹生何处，生于心灵。情如春雨，淋淋一浇，青枝碧叶盈盈全冒出来。故此，古往今来名家大师的手下，一边是鸿篇巨制，一边是精短散文；这种散文，逼真亲切，更如其人。

故我对友人说，写作有如此多的快乐，我为何弃文从画？文，我所欲也；画，亦我所欲也，二者何不兼得，两全其美也。

1994.6.17天津

灵感忽至

凌晨时分被一种莫名的不安扰醒，这不安可不是什么焦虑与担心，而是有种兴致在暗暗鼓动，缘何有此兴奋我并不知道。随后想到今天是元月元日。这一日像时间的领头羊，带着一大群时光充裕的日子找我来了。

妻子还在睡觉，房间光线不明。我披衣去到书房。平日随手堆满了书房的纸页和图书在迷离的晨色里充满了温暖和诗意。这里是我安顿灵魂的地方。我的巢不是用树枝搭起来而是用写满了字的纸和书码起来的。我从中抽出一页素纸，要为今天写些什么。待拿起笔，坐了良久，心中却一片茫然。一时人像浮在无际无涯的半空中，飘飘忽忽，空空荡荡。我便放下笔，知道此时我虽有情绪，却无灵感。

写作是靠灵感启动的。那么灵感是什么，它在哪里，它怎么到来？不知道。似乎它想来就来，不请自来，但有时求也不来，甚至很久也不露一面，好似远在天外，冷漠又悭吝。没有灵感的艺术家心如荒漠，几近呆滞。我起身打开音乐。我从不在没有心灵欲望时还赖在桌前。如果毫无灵感地坐在这里，会渐渐感觉自己江郎才尽，那就太可怕了。

音响里散放出的歌是前几年从俄罗斯带回来的，一位当下正红的女歌手的作品集。俄罗斯最时尚的歌曲的骨子里也还是他们固有的气质，浑厚而忧伤。忧伤的音乐最容易进入心底，撩动起过往的岁月积存在那里的抹不去的情感。很快，我就陷入这种情绪里。这时，忽见画案那边有一块金黄色的光。它很小，静谧，神秘。它是初升的太阳照在对面大楼的玻璃幕墙反射下来，落在画案那边什么地方。此刻书房内的夜色还未褪尽，在灰蒙蒙、晦暗的氤氲里，这块光像一扇远远亮着灯的小窗。也许受到那忧伤歌声的感染，这块光使我想起四十年间蛰居市廛中那间小屋，还有炒锅里的菜叶、破烂的家什、混合在寒冷的空气中烧煤的气味、妻子无奈的眼神……然而在那冰天雪地时代，唯有家里的灯光才是最温暖的。于是此刻这块小小的光亮变得温情了。我不禁走到画案前铺上宣纸，拿起颤动的笔蘸着黄色和一点点朱红，将这扇明亮的小窗子抹在纸上。随即是那扰着风雪的低矮的小屋。一大片被冷风摇曳着的老槐树在屋顶上空横斜万状，说不清那些苍劲的枝丫是在抗争还是兀自地挣扎。在通幅重重叠叠黑影的对比下，我这亮灯的小屋反倒显得更加温馨与安全。我说过，家是世界上最不必设防的地方。

记得有一年，特大的雪下了一夜，我的矮屋门槛太低，早晨推不开门，门外挡着的积雪足足有两尺厚。我从这小窗户跳出去，用木板推开门外的雪才把门打开。当时我们从家里走出，站在清冽的冻耳朵的空气里，多么像雪后从洞里钻出来的野兔……于是我把矮屋前大块白雪当作没有落墨的纸。我用淡淡的水墨渲染地上厚厚而柔软的白雪时，还记起那时常有的一种盼望——有朋友来串门和敲门。支撑我们走过困境与苦难不就是人间种种情与义吗？我便用笔在雪地上点出一串深深的脚窝渐渐通进我的小屋。这小屋的灯光顿时更亮，黄色的光影还透射到窗外的雪地上。

没想到，就这样一幅画出来了。温情又伤感，孤寂又温馨。画中的一切都是我心底的景象。我写过这样一句话："人为了看见自己的内心才画画。"而心中的画多半是它们自己冒出来的。这是一种长久的日积月累，等待着有朝一日的升华；就像冬日大地上的万物，等待着春风吹来，一切复活；又如高高的一堆干枝干柴，等待着一个飞来的火种。这意外出现的火种就是灵感。

灵感带来突然之间的发现、突破、超越与升腾。它是上天的赐予。是上天对艺术家的心灵之吻。是对一切生命创造的发端与启动。那么我们只有束手等待它吗？当然不是。正如无上的爱总是属于对它苦苦的追求者的。在你找它时，它一定也在找你。当然它不一定在你规定的时间和地点到来。就像我在书房原本是想写点儿什么，灵感没有来，可是谁料它竟然化为一块灵性的光降临到我的画案上？它没有进入我的钢笔，却钻进了我的毛笔。

记得前些年访问挪威时，中国作家协会请我写一幅字赠送给挪威作家协会。我只写了两个字：笔顺。挪威的作家朋友不明其意。我解释道："这是中国古代文人间相互的祝词。笔顺就是写作思路顺畅，没有障碍的意思。"对方想了想，点点头，似乎还没弄明白我写这两个字的含义。中国的文字和文化真是很深，对外交流时首先要把自己解释明白。我又换了一种说法解释道："就是祝你们写作时常常有灵感。"他听了马上咧开嘴，很高兴地谢谢我，也祝我常有灵感。看来灵感对于全球的艺术家都是"救世主"了。

新年初至，灵感即降临我的书房画室，这于我可是个好兆头。当然我明白，只要我守住自己的信仰与追求及其所爱，灵感会不时来吻一吻我的脑门。

2008.1.1新年第一篇

艺术在哪里

一

艺术在哪里？我问。

“这难道不是和星星月亮在哪里，鱼儿虾儿在哪里同样一个不值得回答的问题吗？你存心跟谁开玩笑？如果我问你鼻子在哪里，你也愿意认认真真地回答我？否则，提问者和回答者中间，准有一个缺心眼的傻子或刚懂事的儿童，如果你甘心当傻子，我就一本正经告诉你吧——艺术，它在舞台上，在乐池里，在银幕和屏幕上，在照片上，在画框中间，在录音带和唱片上，在博物馆的仓库与一间间展室里，当然别处也有，你去找吧！假如你不把马桶或烤鸭子当作艺术，你就很容易找到。”

“什么，你要说的不是这个？我先问你，你想寻开心，还是要故意找我难看？这你可打错算盘！艺术它如果不在画里，音乐里，戏里，照片里，电影里，在哪儿？说呀！”

何必着急。咱们不是谈艺术吗？艺术中和战场上可不一样，不是除去敌就是我，而且非得消灭掉对方不可。

二

深秋的夜晚，又凉又细的雨。不知多少诗人，写过这深秋夜雨的带点儿悲凉伤感意味的诗句。可眼前这情景却不同——

车子——丰田还是菲亚特？停在道旁，主人大概去看朋友，或者到小餐馆里吃点儿什么，空无一人的车厢内，凝聚着一种静谧、幽暗、昏昏欲睡的气息。与外边凉丝丝的秋雨相比，这里边还有种舒适的温暖。远处的灯光，隔着被雨淋湿的车窗模糊又炫目地亮着，同时映亮了挂在车窗玻璃上颗颗晶莹的水珠。最动人的则是，一些经秋风吹落的大片的叶子，粘在这宽展而湿淋淋的窗子上。这些叶子透过玻璃展现它们各自不同风韵的秋容：有的如火烧的艳红，有的憔悴般的枯黄，有的充满生命的绿意。如同不同命运、不同性情、不同心绪的一张张脸……

这是一幅感动过我的摄影作品。作品上没有署名，肯定是一位外国摄影师，却连哪国人都不知道……

“这是摄影艺术啊！我不是说过艺术在照片上吗？我说过呀！摄影难道不是艺术！”

我没否认你说过，我是想从中阐明我对艺术的理解。你不要一句句话地死抠，咱们不是研究法律。

你沉下心来听一听：

我想说，这深秋中再普通常见不过的景色，却被摄影师敏捷地捕捉了。当他把这一切在显影液中显现出来时，竟是一片迷人的境界。一种没有被别人发现并表现过的现代大城市生活中特有的诗意美。

艺术，有时确实是令人叹为观止的精工巧构。但无论怎么赞美它的精致、奇巧、高超、绝妙，它的本质却像酿蜜一样，是把普普通通的生活（绝不是别的）酿成甘甜而醉心的蜜。剥去艺术华美又炫目的外衣，内里却是土一样平常、水一样自然的生活。

齐白石笔下的蝌蚪，并不像骏马奔驰、孔雀开屏、鸳鸯戏水那样能够入画。它不过是一个拖长的圆墨点。在齐白石把它搬到纸上之前，不曾有人认为它值得一画，然而在《蛙声十里出山泉》中，显出多么蓬勃欢腾的生命力，多么畅快而宣泄的情绪，多么惊人而富于豪气的艺术想象！多么像李斯特《狂想曲》上的一个接着一个跳跃在线谱上的音符！真正的艺术大师正是在你什么也没看出来的地方发现了迷人的艺术。你不信，你再看看齐白石画的那些河柳、油灯、火炉、柴耙、水虾、算盘之类，难道这些东西不是也在你身边吗，你把它们看作了艺术的对象吗？希什金画了多少到处可见的树，但这些树到他笔下几乎没有做任何加工，就成艺术珍品，印在画册上，叫你一遍遍饶有兴致地翻看。契诃夫写了多少那种一辈子也没发生过什么故事的小人物？他是怎么把这些街头巷尾的凡人凡事变成揪扯人心的艺术形象的？到底因为这些艺术大师把非凡的哲理、动人的情绪和特殊的美，赋予了这些形象，还是他们像居里夫人那样，能够天才地从那些普普通通的乱石块中提取出比金子还要贵重的镭？

艺术的玄奥往往是谜一般的才能。这才能真正点石成金。

说到这儿，似乎可谈到的话题很多。诸如艺术的本质、生活与艺术的关系、某一个艺术规律，或者艺术家的主观因素问题，等等。我却想岔开，扯到一种非学术而纯感受上去说一说——我想，像齐白石这样的画家的一生是非同寻常的幸福的。因为，在他眼里，一切等闲事物都能变成充满魅力的艺术形象，正像万物在凡·高的眼里都是活生生运动着，在莫奈眼里都分解为无比丰富的色彩，在巴尔扎克眼里，任何富于特征的细节也别想逃掉，就像老猎手目力所及的飞禽走兽。比如那个兼包客宿的伏盖公寓中，穷酸破乱的公共食堂墙角橱柜里的三样东西：瓶塞、脏餐巾和缺角的碟子……当然这三样东西在一般人眼里，多半是无生命的，无内容和无价值的，然而巴尔扎克靠着它使这公共食堂"活"了起来。想想看，在他发现了这些珍宝一般的细节时，曾经多么兴奋与幸福！

可惜，现在的眼科学还很落后，或者说眼科专家们还从来没想到研究艺术家眼睛的构造。如果在未来的一天，他们发现到艺术家眼里含着一种什么特殊的元素，仿制出来，注入所有人的眼球里，使所有人都具备这种眼力，那么人人都将活得幸福。因为，那时你不只是从别人制作出的作品中去享受艺术了。你自己就能随时随地把所闻所见的一切质变为艺术。那你就不仅仅从雄劲的山色、浓郁的花气、粼粼的水波，获得心灵上的快感。你还能从普通常见的事物，从眼前的一切，譬如光影中明暗斑驳的物象——或明洁，或深远，或华贵，或淡雅，或真切，或朦胧，或融融，或错落，获取丰富无比、一如艺术那样的感受。万物在你眼中掠过时，还时时呈现新颖的构图、画面和奇妙的境界。你能从欸乃的橹声，联想到上个世纪江上生活的画面，从云天、水波、木纹、鸟影、起伏的山脉，以及阳光中的浮尘、空信箱和废报纸中，悟到某一个深邃的人生哲理。从旧友邂逅时的一笑，从第一滴春雨凉丝丝落在脸颊，从婴儿挂在长长的睫毛上的纯净的泪珠，油然生出一句绝妙好诗。现实生活中的一切，与你一时的心境、情感、心绪相碰，都会不停地闪出艺术之光。这光犹如不停的闪电，时时把你的心中照亮。

自然，你不是画家、诗人、作曲家、摄影师、建筑师，你这些画呀、诗呀、旋律呀，也都是模糊不清的，片段不整的；你并没有纯熟的技巧和高超的表现力，把它们贴切又完整地表现出来。然而，你已经在进行任何一个杰出的艺术家所必要的第一步的工作：用艺术情感去感受生活。你将尝受到艺术创作所特有的快乐。你的思维、情感、感受，都将得到最美妙而神奇的抒发。你也会比普通人更多地获得生活的财富而更加热爱生活……

艺术原本在你心中。

三

这便是我要回答的：艺术在哪里。

“那咱们没有分歧。你也对，我也对。”

别这样，亲爱的。艺术不是调解民事纠纷，咱们不必打不赢对方就什么都认可。你可以就认为你对，我可以就认为我对。你吃牛肉，我吃猪肉。咱们不都挺带劲儿地生活在这个地球上吗？

1984.8 天津

以假当真

那年，在伦敦街头巷尾一家小小饭店与当地的几位作家聚谈，有两件事至今犹然记得。一件是这家小店的外墙如同室内那样粉刷成白色，而店内的墙面反而是砖砌的，一如外墙，从外边走进这家小店，反倒像由屋内走到大街上坐下来吃饭，这感受甚是奇异！另一件是这几位作家中，滔滔不绝者所说的话，过后叫我一句也记不得；但其中一位下巴蓄着小胡、死守着缄默的老头儿，忽然蹦出口的几句话，倒叫我深记难忘。后来从报上才知道他得了诺贝尔文学奖，便是写《蝇王》的威廉·戈尔登。

他忽然问我：

“中国画家为什么用黑颜色作画？”

黑颜色，中国人谓之墨。他所说的便是水墨画。我答道：“因为黑色是一种语言，就像黑白照片……”他听了似乎不以为然，我又说：“因为黑色是最重的颜色，与水调和能调出深浅不同最丰富的色调，其他颜色很难调出这样多的色调……”他的神情依然肃穆不动。我想了想再说：“因为中国人从来不把画当作真的。怎么……你不能理解吗？”

他像被什么打中了那样，身子一震，眼睛放光，声音好似更亮，他说：“不不，中国人真棒，真是棒极了！”他摇头晃脑，赞叹不已。

无须我再多说一句，他已经理解了，而且一下子也理解了中国艺术最伟大的特征之一——以假当真。东西文化的不同，被他以一种感悟沟通了。艺术的道理对于他这种人，一点即透，无须多言，我朝他欣赏地点点头，他也会意，一笑便了。

墨之黑，本来只是缤纷世界千颜万色中的一种，但中国人用它描绘一切。为什么不失却真实，也绝不会引得人笨拙地问：这树为什么是黑的？荷花为什么是黑的？麻雀为什么是黑的……难道人的嘴会是黑的吗？

在中国的章回小说中，每回结束必写一句话，“欲知后事如何，且听下回分解”。难道同样，在京剧《三岔口》中，任堂惠与刘利华的全部“夜战”，竟然都是在灯火通明中进行的。为什么没有观者指责这种不真实已经近乎荒唐，反倒看得更加津津有味。在中国的戏曲舞台上，一根马鞭便是一匹千里神骏，几个打旗的龙套便是浩浩三军；抬一下脚便是进一道院或出一道门。西方人面对这些可能惊奇莫解，中国人却认可这就是艺术的真实。

中国艺术家为什么敢于如此大胆地以假当真，将读者与观众“欺弄”到这般地步，非但不遭拒斥，反而乐陶陶地认同？我想，中国的艺术家更懂得读者与观众的欣赏心理——假定这是真的。

其实，无论是东方还是西方，没有任何一个读者或观众会把一部小说当作真实的事件，把一幅画当作真实的景物，把一出戏当作真实的生活场景，只不过东西方艺术家对此所做的全然是背道而驰的罢了。

西方戏剧家从易卜生到斯坦尼斯拉夫斯基，都在努力使演员进入角色，演员在舞台上必须忘掉自己，舞台不过是“四面墙中抽掉一面”的生活实况，观众好像从钥匙眼里去看别人家中发生的事；然而在中国的戏剧舞台上刚好相反，《空城计》中诸葛亮唱完后，轮到司马懿唱时，诸葛亮可以摘掉胡子，使手巾擦擦汗，喝口茶水润润嗓子，因为他完全清楚观众知道这是唱戏。戏是假的，只有演员的艺术水准和功夫才是货真价实的。这样，东西方的剧场也就截然不同。在西方的剧场里，观众不敢响动，甚至忍住咳嗽，怕破坏剧场的气氛，影响真实感；但在中国的剧场里，观众却哄喊叫好，以刺激演员更卖力气；对于中国观众来说，这种剧场高潮往往比戏剧高潮，更能得到满足。

西方的古典画家同样把真实视为最高的艺术法则。他们采用焦点透视、光线原理与人体解剖学来作画，尽力使观众感到物象的逼真如实，而中国画家却用黑色描绘山水、花鸟和人物，为了表达的自由，他们将“泰山松、黄山云、华山石、庐山瀑”超越时空地集于一纸，这种透视不依据眼睛，而是依据心灵（现代美术理论家称之为“散点透视”），他们甚至还把诗文图鉴都搬到画面上来，与画中种种形象相映成辉。因为中国画家知道观者要看的，不是生活的，而是生活中没有的。比如画中的意境、品格、情趣以及笔墨的意蕴。

至于小说，更是如此。

西方的小说家着意刻画他笔下人物皮肤的光泽、衣服的质地与眼神种种细微的变化，努力把他的读者导入如实的感受和逼真的情境中；中国的小说家则只用“沉鱼落雁之容，闭月羞花之貌”“熊腰虎背，声如洪钟，力能扛鼎”之类的套话来形容一位美女或英豪。因为中国的小说家知道读者更关注的是这些人物超乎意料的行为，以及故事怎样一步步更牢牢地抓住他们向前发展。

以假当真，不是艺术家非要这么做不可，而是读者与观众需要这么做。

中国的艺术自始就立在这一点上。因为艺术家深知艺术不是重复生活，而是超越生活。艺术，也正因为它是生活中没有的，所以才更有存在价值。

音乐不是大自然的声音，诗不是生活用语；小说当然不是生活的记录，画当然不是现实事物或景物的重现。人们日日生活在现实里，何须你再来复制一个现实？这也正是自然主义最没有艺术价值的缘故。

西方的写实主义蓬勃于没有摄影和电影的时代。自从人类发明了照相机和摄影机，写实精神在西方艺术中便不是至高无上的了。而中国人就像明白罗盘的原理那样，早早地就明白了艺术不是复制生活的法则，从不崇拜写实，从不顺从器官的感受，而听凭心灵的感受，大胆地以假当真，创造了高明又伟大的东方艺术。倒是当代的中国人陷入愚蠢，把自然主义和摄影现实主义奉若神明。于是，文学只剩下表面上杂乱不堪的“感觉真实”，绘画坠入了模仿照相的技术主义。当毕加索、克里姆特、马蒂斯等人从东方中悟到艺术的真谛，从而使西方的艺术更“艺术”，但他们哪里知道如今的东方艺术正在退化？

艺术由于它给予人们的都是生活中没有的，因故才叫创造。

创造都是由无到有，创造都是为了需要。

人们需要艺术，除去认识上的启迪，审美的享受，心灵的慰藉，闲时的消遣，还有好奇、娱悦、消解、释放，以及对生活和生命的种种的补充。

艺术家一旦明白这一艺术原理，现实生活就变得有限。艺术家在复制生活时常常陷入被动和无能，超越生活时才进入放纵和自由。诗人更加浪漫，小说家更富于想象。为此之故，中国古典小说的主要特征和主要魅力是传奇。

再说京剧《三岔口》，它不是依据漆黑的夜色——这视觉上的真实，而是抓住人们在黑夜里的动作特征——摸索和试探，这样不仅将灯火通明中的夜战表现得巧妙又可信，人物面对面的探头探脑和摸爬滚打反而更加妙趣横生。一招一式，惊险机智，又富于幽默，倘若把舞台的灯光完全关闭，一片漆黑，虽然真实了，却什么也看不见了。中国戏曲正是这样把戏当作戏，艺术创造上才能更自由。

至于中国戏曲舞台上的演员和角色，它们既是“合二为一”，又是“一分为二”。演员有时进入角色而表现角色，有时跳出角色表现自己。演员的技艺刻画了角色的能耐，演员的功夫又加强了角色的魅力。观众既欣赏到角色的本领，同时也欣赏到演员超凡的功力，得到双重的满足。演员与角色，真真假假，浑然一体。艺术家所能发挥的天地是双倍的。

那些“不求形似”的中国画家，更是水墨淋漓，满纸云烟，信手挥洒，尽情张扬自己的意趣与个性。对于这些画家，“眼中之竹不是手中之竹，手中之竹又不是心中之竹也”。这“眼中之竹”便是属于大自然的，“心中之竹”是超越自然而属于艺术家主观的、理想的和艺术的。于是，郑板桥的清灵潇洒，朱耷的悲凉寂寞，王冕的高洁脱俗，都不是来源于自然风物，而是活脱脱的深刻的自己。然而中国观众要看的也正是这些。

写到此处，方应说道，中国人真是懂得艺术。正像我曾对威廉·戈尔登所说：“中国人从来不把画当作真的。”艺术家才获得天宽地阔的创造自由。东方艺术的特征，东西方艺术的区别也就因此而生。任何艺术的形成，一半靠艺术家的天才创造，一半靠富于悟性的读者与观众的理解。艺术史往往只强调前一半，可是谁来写一部读者史或观众史?

1995.8.8《文汇报》第七版

原作的力量

我在意大利观瞻艺术史上那些杰作时，获得一种体验：尽管这些作品我曾经从画册里数百次地看过，熟悉得几乎能背出每一个微末的细节，但是一旦面对原作，仍然会像被雷电击中那样强烈地受到震撼。

尤其是在佛罗伦萨的“学院画廊”那个淡绿色拱顶的大厅里，看到米开朗琪罗的《大卫》时，它体积之大完全超出我的意料。我一直感觉他和真人一般大小，不料竟三倍地高于常人！我仰视这个以色列年轻的勇士，心中有一种被征服感，我从自己身上找不到一种力量可以超越他。显然，这征服力不单单来自他强大的刚毅的精神与凛然之气，还来自这巨大的体积。过大的尺度是对人物的力量与气势的加倍夸张，也是对观赏者自我感觉的强行压缩。崇敬之感缘此而生。于是，这《大卫》的原作使我一下子明白一个道理：原作的尺度实际上是艺术家创作时情感的宽度与强度。好的作品绝不是可大可小的。或者说，尺度体现着创作时的状态，它要求得十分精确，不能放大也不能缩小。从画册里那种缩印成巴掌大小的大卫身上，绝对不能获得面对原作的这种震撼。当然，如果把宋人小品放大成宏幅巨制，原作中那种“咫尺万里”的奇妙而悠远的境界也就荡然无存了。

然而原作的意义，不只是体现在它的尺度上。

艺术家的创作，就其本质，是一种灵魂再现和生命再造。我们还没有一种仪器，可以观看到艺术家痴迷于创作时，他和他的作品如何神奇地进行着一种生命转换。所有鲜活的色彩都是艺术家情感的张扬，一切笔触无不是他们倾心的诉说。在创作过程中，作品一直被他们的精神所照射，最终它饱和并放射出艺术家这种心灵之光……在维也纳百乐宫里，埃贡·席勒的原作令我感受到从未有过的震栗与悲凉。伴随着他笔下那种一贯的、痛苦的、抽搐而变形的人物，满幅画面全是紧张的短线和急促的皴擦的笔触。这笔触粗糙、坚硬，岩石一般崚嶒，仿佛至今还带着作画时用力的声音。这声音分明不是来自画笔，而是他的心在画布上苦楚和带血地摩擦。正因为这样，从中我们不是听到了这位终生都在表现人生苦难的短命大师凄厉的呼号吗？但是，后来我在一本印制得异常精美的画册中再看到这幅画时，无论如何也找不回原作所给予我的震栗感了。奇怪！细看这精印的画面，一切线条、色彩、细节，一如原作，什么也没丢掉，为什么独独失去了原作中那种催动人心的力量？

同样，面对着罗丹的名作《吻》，凝视着那一对恋人的嘴唇尚未接触到的缝隙里，任何人都会感受到一种激情、一种痴迷、一种诱惑，还有呼吸的气流以及温度，但拍下照片再看，这些迷人的感觉竟然十分蹊跷地消失了。

印刷、拍照、录像，都是复制。复制只能再现作品的外貌，无法表现原作的生命。生命是创造出来的，永远不能复制出来。艺术家用生命创造生命，用灵魂铸造灵魂，当他完成一件作品之后，便把一部分生命留在原作里，这生命可感可知。一旦把它们拍成照片，印刷出来，尽管表面的一切依然如故，但它的质感、量感、触感，以及所有活生生的生命感觉便全然失去。立体变成平面，尊贵变为廉价；灵魂被抽去，生命被泯灭，徒具形骸。

这样，我的体验告诉我：

艺术的力量，说到底是一种生命的力量。

它保留在独一无二的原作里，这也就是唯原作才富有的力量。去画廊、去博物馆、去艺术品展览会看原作吧！

你想真正认识一个人，就不能只看他的照片。

1996.8 天津

平面轰炸

新时期文学先后经历了四次平面轰炸。

第一次是轰炸题材禁区。自伤痕文学炸开写“文革”的禁区，随之便是一连串轰炸——写悲剧、写爱情、写阴暗面、写社会问题、写军内矛盾、写性、写国民劣根性……每炸开一个禁区都带来一阵欢腾，一场轰动，犹如占领一座高地。率先轰炸者成了一时英雄。在这烟火弥漫中，舆论界正如醉如痴期待新的爆破来临时，忽听到叫声：“找不到什么可写的了。”放眼一看，这世界竟然如美洲大陆被发现之后，只剩下浪花吞没中的一些无名的礁石小岛。再炸何处？

第二次是轰炸形式禁区。从意识流冲破长久单一的形式禁锢，继而又是一拥而起的狂轰滥炸，生活流、黑色幽默、荒诞派、新小说、魔幻现实主义、心理现实主义、超现实主义、再超超现实主义……长江后浪推前浪，文坛新星换旧星。于是每一个由海外拿来的新品种都引起一阵瞠目和惊叫，每一个西方现代主义流派在中国文坛都有一位“驻华大使”，每一位西方哲学家都能在中国当代文学中找到一本小说诠解。舆论界的“发现新星欲”愈来愈强，偏偏天上新星渐渐寥落，于是有人喊道：“中国都是伪现代派，玩文学应该结束了！”天音落地，顿时竟然觉得我们和世界都一片空茫。还炸何处？

第三次是通俗文学轰炸。由霍元甲花拳绣腿一露面，爆破手们一拥而上；武侠、言情、公案、法制、宫闱秘闻、今古传奇……这些久疏了的文学，拿什么来都新鲜。一时充斥书摊报亭、火车车厢和书店的大小书架，大有“我们是世界”之势。创新来不及，现买现卖快，最快是现货。当把二十世纪三十年代张恨水、白羽、刘云若到港台的金庸、梁羽生、古龙、琼瑶、岑凯仑和舶来的“火车小说”都折腾出来之后，“书倒爷”们忽然也叫起来：“再没新词儿就没人买了！”这通野蛮轰炸的劲风也见疲软。

第四次轰炸便是纪实文学异军突起。它从失去了轰动效应的小说那里夺过轰炸冠军杯。舆论界重抖精神，激情拥抱之。很多刊物争相以纪实文学打了头阵，或者干脆更名为某某纪实。纪实文学遍地搜索爆炸性题材，连势头见衰的通俗文学也伸手求援，纪实文学愈来愈走向题材本身的刺激性，迎合文化市场需要。严肃的纪实文学的一部分已被通俗文学同化。刊物寻找纪实作品，作者寻求惊世题材。找到就炸，一炸就完。当人贩子、赌博、黑舞厅和内幕题材一个个被“炸”掉，又有高人预言：“纪实文学很快就降温！”

我绝不想否认伤痕文学的历史功绩、实验小说的探索价值、通俗文学的娱悦功能和纪实文学的社会贡献。这其中都产生了不少大家和力作杰作，都给读者以满足，都对新时期文学以强有力的推动。我想说，我们的文坛，太热衷于轰动。也许多年受政治风云的影响，文坛似患有神经官能症，一惊一乍，忽喜忽悲，大起大落，一有轰动，则必鼓之。加柴助燃，吹风助焰，八方配乐，歌之颂之，扩大战果，自我欢呼。文坛总准备着不少高帽桂冠，或曰里程碑，或曰划时代，或曰又一高峰，动则慨然馈赠。若是未见轰动，便满面愁云，神情萧索，仿佛文坛空无一物。或称之为：平面，或呼之为：荒年，或哀之为：走入低谷。

文坛受不住寂寞，便迫使作家不甘寂寞，不用内力用外功，施使怪招，惊骇世人；或抢抓题材，争先发表，以拔头筹。更有被“轰炸”引动者，群起而战，争相轰动。如今四次轰炸过去，有如蝗虫飞过，寸草不生，秃秃一片大光地，还应怎么办？不困惑才怪。

一阵阵烟火腾空，过后便灰飞烟灭。今天放下这个抓起那个，明天扔下那个捧出这个，最后怀抱里只剩下最后一个。平面轰炸是表面满足，急功近利、浅尝辄止。回顾那些被炸过的土地，不过经历一场拓荒而已，完全可以重返回去，潜心再做精深的耕作。

文坛应该静一静了。给人们创造一种深邃幽静的写作和治学的环境与心境。少些大轰大嗡，推波助澜，鼓乐喧天。否则，我们不仅面前，包括身后也只会是一片空洞与浅薄。

草草竖起的纪念碑，不会是永恒的艺术雕塑。

1989.3.25发表于《文艺报》

一个糊涂的口号

常常有些口号，最初叫起来理直气壮，过后再想，竟然很荒谬，比如：

“中国文学要走向世界！”

中国文学和世界各国文学不是在同一个地球上吗？何须“走向”？

大概由于此前中国封闭得厉害，中国文学鲜为人知。改革开放，世界想知道中国，中国也想叫世界知道自己；中国文学中最优秀的成就，理应得到世界承认，成为全人类的财富。这样就有了人类意识或全球意识，就喊出“中国文学要走向世界”了。这便是这口号最初诞生时的道理。但喊得过响，它就被当作中国发展最远大、最高贵的目标。于是，诸君共同努力一起奔向世界。

当一些出访作家发现，中国文学在西方对公众影响甚微；当龙应台说，很多洋人并非从文学价值，而是由社会价值角度取舍中国大陆作品时，又使我们悲哀、抱怨、不平；似乎至今我们的文学还在世界的大门外流连，还不被在艺术上认可。

其实这不足为怪。长久中西隔绝，中国以自我为中心，文学和经济一样，都是自给自足；再加上近几十年“两大社会阵营”搞冷战，虫蝇不相往来，中国又关起门搞了十年自我大“革命”，我们的一切对于洋人都是谜。大门陡然一开，洋人自然先从外部观察。由文学来看中国社会，实属必然。何况我们的文学又总是自责自怪不够充满社会性。被洋人关注（或称容易接受）的作品，自然首先是社会性强的作品。

再说，中国文学的审美价值，包含着深层的文化因素，个中三昧，对于那些完全生活在截然不同的人文环境的洋人来说，要想悟取，何其艰难。单说语言中的文化美，在翻译过程中就会流失大半，以致有人深感“美文不可译”。中国文学的审美价值要想得到洋人理解，还需一个漫长的沟通过程。包括翻译家们艰苦的努力。

这样，对于急于想“走向世界”的人，就难免要抄近道儿，改用洋人的一套，打入洋人中间。这使我想起一桩小故事：

一次在纽约友人家中，见一灯罩奇美，我问他何处购买，也想买一只。这洋人拒不告我。他说，他既不想和别人一样，也不想别人和他一样。

这是典型的西方现代人观念。你效仿他，他反倒排斥，觉得无味；你真的用他们的声音，走近他们，很快便会给那喧闹如潮的声音所淹没。这种“走向”，是失重，是放弃自己。这“走向”的过程实际是一种自我消亡的过程。世界上再没有比失去自己更可怜的了。

中西方之间，根本不存在谁走向谁的问题。在文化互相渗透的当今世界，反而要建立自己。如今中国敞开大门，西方文学也在进入中国，为什么没有一个国家的文学提出要“走向中国”？为什么没有一个外国作家运用中国人创造的方法写作？我们如此迫切地追求西方认同，正是文化心理上劣根性的反映。当然，也因为我们至今尚无自己的现代文学体系。

中国传统文学之所以使西方着迷，就在于它在其独特的大文化背景上，自成体系。我们当然不能持自己的传统面对西方的现代。现在的问题是，我们只注重和自己传统的区别，不注重和西方的区别，最终实现的并非是自己。我想，中国文学的追求应当是建立自己独有的富于魅力的现代文学体系，具有中国文化精神又具有现代审美意识和审美价值。要建设一个体系，远比照搬人家一个现成的体系艰难得多。需要很多作家清醒和共同的追求，以及天才的创造。就像拉美文学那样，以自己的体系，赢得了世界的公认，也影响了世界的发展，这才是对人类文化的贡献。

由此而言，我希望我们不再被“走向世界”这个糊涂口号所困扰。从中国文学发展的理想目标上说，应当是中国文学和世界文学进行对话。

1989.2.18发表于《文艺报》

陆……

生活和理想混在一起，便有了年味

瓶子表示平安，金鱼表示富裕，桃子表示长寿，

生活敷染了理想，顿时闪闪发光。

细雨探花瑶

不管雨里的山路多湿滑，不管不断有人说“你别把冯先生扯倒”，老后还是紧抓着我的手往山上拉，恨不得一下子把我拉到山顶，拉进那个花团锦簇的瑶乡。这个瑶乡有个可以入诗的名字：花瑶。

花瑶，得名于这个古老的瑶族分支对衣装美的崇尚。然而，隆回县政府为花瑶正式定名却是上世纪末的事。这和老后不无关系。

老后是人们对他的昵称。他本名叫刘启后。一位从摄影家跨越到民间文化保护领域的殉道者。我之所以用“殉道者”，不用“志愿者”这个词儿，是因为志愿多是一时一事，殉道则要付出终生。为了不让被声光化电包围着的现代社会忘掉这个深藏在大山深处的原生态的部落，二十多年来，他从几百里以外的长沙奔波到这里，来来回回已经二百多次，有八九个春节是在瑶寨里度过的，家里存折的钱早叫他折腾光了。也许世人并不知道老后何许人，但居住在这虎形山上的六千多花瑶人却都识得这个背着相机、又矮又壮、满头华发的汉族汉子，而且没人把他当作外乡人。花瑶人还知道他们的“呜哇山歌”和“桃花刺绣”列入国家非物质文化遗产名录，老后是有功之臣，他多年收集到的大量的花瑶民歌和桃花图案派上了大用场！记得前年，老后跑到天津来找我，提着沉甸甸一书包照片。当时他从包里掏出照片的感觉极是奇异，好像忽然一团团火热而美丽的精灵往外蹿。原来照片上全是花瑶。那种闪烁在山野与田间的红黄相间火辣辣的圆帽与缤纷而抢眼的衣衫，还有种种奇风异俗，都是在别的地方绝见不到的。我还注意到一种神秘的“女儿箱”的照片。女儿箱是花瑶妇女收藏自己当年陪嫁的花裙的箱子，花裙则是花瑶女子做姑娘时精心绣制的，针针倾注对爱情灿烂的向往，件件华美无比。它通常秘不示人，只会给自己的人瞧。看来，老后早已是花瑶人真正的知己了。

老后问我：“我拉你是不是太用力了？”

我笑道：“其实我比你心还急呢。你来了多少次，我可是头一次来啊。”

这时，音乐声与歌声随着霏霏细雨，忽然从天而降。抬头望去，面前屏障似的山坡上，参天的古树下，站满了头戴火红和金黄相间的圆帽、身穿五彩花裙的花瑶女子。那种异样又神奇的感觉，真像九天仙女忽然在这里下凡了。跟着是山歌、拦门酒，又硬又香的腊肉，混在一大片笑脸中间，热烘烘冲了上来。一时，完全忘了洒在头上脸上的细雨。而此刻老后已经不在前边拉我，而是跑到我身后推我，他不替我挡酒挡肉，反倒帮着那些花瑶女子拿酒灌我。好像他是瑶家人。

在村口，一个头缠花格布头布的老人倚树而立，这棵树至少得三个人手拉手才能抱过来。树干雄劲挺直，树冠如巨伞，树皮经雨一浇，黑亮似钢。站在树前的老人显然是在迎候我们。他在抽烟，可是雨水已经淋湿了夹在他唇缝间的半颗烟卷，烟头熄了火。我忙掏出一支烟敬他。老后对我说："这老爷子是老村长。大炼钢铁时，上边要到这儿来伐古树。老村长就召集全寨山民，每棵树前站一个人。老村长喊道：'要砍树就先砍我！'这样，成百上千年的古树便被保了下来。"

古树往往是和古村或古庙一起成长的。它是这些古村寨年龄尊贵的象征。如今这些拔地百尺的大树，益发葱茏和雄劲，好似守护着瑶乡，而这位屹立在树前的老村长不正是这些古树和古寨的守护神吗？我忙掏出打火机，给老人点燃。老人用手挡住火，表示不敢接受。我笑着对他说："您是我和老后的'师傅'呀！"

他似乎听不大懂我的话。

老后用当地的话说给他听。他笑了，接受我的"点烟"。

待入村中，渐渐天晚，该吃瑶家饭了。花瑶姑娘又来唱着歌劝酒劝吃了。她们的歌真是太好听了。听了这么好听的歌，不叫你喝酒你自己也会喝。千百年来，这些欢乐的歌就是酒的精魂。再看屋里屋外的花瑶姑娘们，全在开心地笑，没人不笑。

所有人都是参与者，没有旁观者，这便是民俗的本质。

老后更是这欢乐的激情的参与者。他又唱歌又喝酒又吃肉。唱歌的声音山响；姑娘们用筷子给他夹的一块块肉都像桃儿那么大，他从不拒绝；一时他酒兴高涨，就差跳到桌上去了。

然而，真正的高潮还是在饭后。天黑下来，小雨住了。在古树下边那块空地——实际是山间一块高高的平台上，燃起篝火，载歌载舞，这便是花瑶对来客表达热情的古老的仪式了。

亲耳听到了他们来自远古的呜哇山歌了，亲眼瞧见他们鸟飞蝶舞般的咚咚舞、“桃花裙”和“米酒甜”了，还有那天籁般的八音锣鼓。只有在这大山空阔的深谷里，在回荡着竹林气息的湿漉漉的山里，在山民有血有肉的生活中，才领略到他们文化真正的“原生态”。其他都是一种商业表演和文化作秀。人们在秋收后跳起庆丰收的舞蹈时，心中按捺不住喜悦的心情和驱邪的愿望是舞蹈的灵魂；如果把这些搬到大都市的舞台上，原发的舞蹈灵魂没了，一切的动作和表情都不过是作“丰收秀”而已，都只是自己在模仿自己。

今天有两拨人也是第一次来到花瑶的寨子里。他们不是客人，而是隆回一带草根的“文化人”。一拨人是几个来演“七江炭花舞”的老人。他们不过把吊在竹竿端头的一个铁篮子里装满火炭，便舞得火龙翻飞，漫天神奇。这种来自渔猎文明的舞蹈，天下罕见，也只有在隆回才能见到。还有一拨人，多穿绛红衣袍，神情各异，气度不凡。他们是梅山教的巫师，都是老后结交的好友。几天前老后用手机发了短信，说我要来。他们平日人在各地，此时一聚，竟有五十余人。诸师公没有施法，演示那种神灵显现而匪夷所思的巫术，只表演一些武术和硬软气功，就已显出个个身手不凡，称得上民间的奇人或异人。

花瑶的篝火晚会在深夜中结束。

在我的兴高采烈中，老后却说："最遗憾的是您还没看到花瑶的婚俗，见识他们'打泥巴'，用泥巴把媒公从头到脚打成泥人。那种风俗太刺激了，别的任何地方也没有。"

我笑道："我没看见什么，你夸什么。"

老后说："我是想叫你看呀。"

我说："我当然知道。你还想让天下的人都来见识见识花瑶！"

这话叫周围的人大笑。笑声中自然有对老后的赞美。

如果每一种遗产都有一个"老后"这样的人守着它多好！

2009.7

谁能万里一身行？

昨天，摄影家郑云峰跑到天津来，见面二话没说，就把一本又厚又沉的画册像一块大石板压到我怀里。封面赫然印着沈鹏先生题写的三个苍劲的字："三江源"。

夏天里，我在天津大学北洋美术馆为郑云峰先生举办《拥抱母亲河》摄影展时，他说马上就要出版这部凝聚他二十多年心血的大书，跟着又说他还要跑一趟黄河的中下游，把黄河拍完整了。干事的人总是不满足自己干过的事，总是叫你的目光盯在他正在全神贯注的明天的事情上。

在他的摄影展上，郑云峰感动了天津大学年轻的学子们。谁肯一个人拿出全部家财买一条船，抱着一台相机在长江里漂流整整二十年，并爬遍长江两岸大大小小所有的山，拍摄下这伟大的自然和人文生命每一个动人的细节？不单其艰辛匪夷所思，最难熬的是独自一人终岁行走在山川之间的孤寂。他为了什么——为了在长江截流蓄水前留下这条养育了中华民族的母亲河真正的容颜，为了给李白、杜甫等历代诗人曾经讴歌过的这条大江留下一份完整的视觉“备忘录”。多疯狂的想法，但郑云峰实实在在地完成了。他以几十万张照片挽留住长江亘古以来的生命形象。为此，我在他的摄影展开幕式讲道：“这原本不是个人的事，却叫他一个人默默并心甘情愿地承担了。我们天天叫嚷着要张扬自我，那么谁来张扬我们的山河、我们文化的民族？”

提起郑云峰，自然还会联想到最早发现“老房子”之美的李玉祥。他也是一位摄影家，是三联书店的特聘编辑。二十世纪九十年代初他推出一大套摄影图书《老房子》时，全国正在进行翻天覆地的“旧城改造”。李玉祥却执拗地叫人们向那些正在被扫荡的城市遗产投去依恋的目光。二十一世纪初凤凰电视台要拍一部电视片《追寻远去的家园》，计划从南到北穿过数百个各个地域最具经典意义的古村落。凤凰电视台想请我做“向导”，可是我当时正忙着启动多项民间文化遗产的普查，便推荐李玉祥。我说：“跑过中国古村落最多的人是李玉祥。”

记得那阵子我的手机上常常出现一些陌生地区的电话号码。都是李玉祥在给电视剧组做向导时一路打来的。这些古村落都曾令李玉祥如醉如痴，这一次却不断听到他在话筒里的惊呼：“怎么那个村子没了，十年前明明一个特棒的古村落在这里呀！”“怎么变成这样，全毁得七零八落啦！”听得出他的惋惜、痛苦、焦急和空茫。也许为此，多年来李玉祥一直争分夺秒地在和这些难逃厄运、转瞬即逝的古村落争抢时间。他要把这些经过千百年创造的历史遗容留在他相机的暗盒里。他是一介书生，他最多只能做到这样。然而他把摄影的记录价值发挥到极致。这些价值在被野蛮而狂躁的城市改造见证着。许多照片已成为一些城市与乡镇历史个性的最直观的见证。李玉祥至今没有停止他的自我使命。依然端着沉重的相机，在天南海北的村落间踽踽独行。古来的文人崇尚“甘守寂寞”和“不求闻达”，并视为至高的境界；然而在市场经济兼媒体霸权的时代，寂寞似与贫困相伴，闻达则与发达共荣，有几人还肯埋头于被闹市远远撇在一边冰冷的角落里？不都拼命在市场中争奇斗艳、兴风作浪吗？

前些天在北京见到李玉祥。他说他已经把江浙闽赣晋豫冀鲁一带跑遍。他想再把西北诸省细致地深入一下。我忽然发现站在面前的李玉祥有点儿变样，十多年前那种血气方刚的青年人的气息不见了，俨然一个带着些疲惫的中年汉子。心中暗暗一算，他已年过四十五岁。他把生命中最具光彩的青春岁月全支付给那些优美而缄默着的古村落了。

然而，很少有人知道他，因为他并不想叫人知道他本人，只想让人们留心和留住那些珍贵的历史精华。

由此，又联想起郭雨桥——这位专事调查草原民居的学者，多年来为了盘清游牧时代的文化遗存，也几乎倾尽囊中所有。背着相机、笔记本、雨衣、干粮和各种药瓶药盒，从内蒙到宁夏和新疆，全是孤身一人。他和郑云峰、李玉祥一样，已经与他们所探索的文化生命融为一体。记得他只身穿过贺兰山地区时，早晨钻出蒙古包，在清冽沁人的空气里，他被寥廓大地的边缘升起的太阳感动得流泪。他想用手机把他的感受告诉我，但地远天偏，信号极差。他一连打了多次，那些由手机传来的一些片断的声音最终才表达了他难以抑制的激情。上个月我到呼和浩特，他正在东蒙考察，听说我到了，连夜坐着硬席列车赶了几百公里来看我，使我感动不已。雨桥不善言辞，说话不多，但有几句话他反复说了几遍，就是他还要用三年时间，争取七十岁前把草原跑完。

他为什么非要把草原跑完？并没人叫他非这么做不可，再说也没有人支持他、搭理他。那些“把文化做大做强”的口号，都是在丰盛的酒席上叫喊出来的。他一心只是把为之献身的事做细做精。

然而，这一次我发现雨桥的身体差多了。他的腿因劳损而变得笨重迟缓。我对他说再出远门，得找一个年轻人做伴，“能不能在大学找一个民俗学的研究生给你做做帮手？”他对我只是苦笑而不言。是啊，谁肯随他付出这样的辛苦？这种辛苦几乎是没有回报和任何实惠的。此次我们分手后的第三天，他又赴东蒙。草原已经凉了，今年出行在外的时间已然不多，他必须抓紧每一天。

随后一日，我的手机短信出现他发来的一首诗：“萧萧秋风起，悠悠数千里。年老感负重，腿僵知路迟。玉人送甘果，蒙语开心扉。古俗动心处，陶然胶片飞。”此时，在感动之中，当即发去一诗：

草原空寥却有情，

伴君万里一身行。

志大男儿不道苦，

天下几人敢争锋？

上边说到三个不凡的人。一个在万里大江中，一个在茫茫草原上，一个在大地的深处。当然还有些同样了不起的人，至今还在那里默默而孤单地工作着。

2008.10

民间审美

那些出自田野的花花绿绿的木版画，歪头歪脑、粗拉拉的泥玩具，连喊带叫、土尘蓬蓬的乡间土戏，还有那种一连三天人山人海的庙会，到底美不美？

自古文人大多是不屑一顾的。认为都是粗俗的村人的把戏，难入大雅之堂。故而这些大多为文盲所创造的民间文化一边自生自灭，一边靠着口传心授传承下来。

当然，在古代也有一些文人欣赏纯朴天然的民间文化，大多是些诗人。他们的诗中便会流淌着溪流一般透彻的民歌的光和影。从李白到刘禹锡都是如此。但是，古代画家则不然，他们崇尚文人画，视民间画人为画匠，很少有画家肯瞧一眼民间绘画的。美术界学习民间的潮流还是在近代受到了西方的影响。西方的绘画没有“文人画”，所以从米开朗琪罗到毕加索一直与民间艺术是沟通的。在他们的心里，精英的绘画是“流”，而民间艺术却是一种“源”。

在人类的文化中，有两种文化是具有初始性的源。一种是原始文化，一种是民间文化。但在人类离开了原始时代之后，原始文化就消失了。民间文化这个“源”却一直活生生地存在。

精英文化是自觉的，原始文化与民间文化是自发性的。“自觉”来自于思维，而“自发”直接来自生命本身。它具有生命的本质。所以，西方画家总是不断地从原始与民间这两个“源”中去吸取生命的原动力与生命的气质。

所以说，生命之美是民间审美的第一要素。

可是，民间文化从来都只是被使用的。被精英文化作为一种审美资源来使用。它的本身并没有被放在与精英文化同等的位置。

在近代，人们对民间文化所接受的一部分，也都是靠近“雅”的一部分。比如戏剧中的京戏，由于趋向文雅而能够受宠，而许多土得掉渣的地方戏仍然被轻视着，因而如今中国一些地方戏种已经到了濒死的边缘。再比如在民间木版年画中，比较城市化而变得精细雅致的杨柳青年画容易被接受，一些纯粹的乡土版画很难被城市人看出美来。

民间文化有自己独特的审美体系。包括审美语言、审美方式与审美习惯。陕北的那些擅长剪纸的老婆婆在用剪子铰那些鸡呀猫呀娃娃呀的时候，一边铰一边会咧开嘴笑。她们那种无声的“艺术语言”会使自己心花怒放。民间文化与精英文化的另一个不同是，民间文化是非理性的，纯感性的，纯感情的。这种感情是一种鲜活的生命和生活的情感，有生命的冲动，也有生活理想；有精神想象，也有现实渴望。他们这种语言在广大的田野与山间人人能懂。一望而知，心有同感，互为知音。

因此民间审美又是一种民间情感。懂得了民间的审美就可以感受到民间的情感，心怀着民间的情感就一定能悟到民间的审美。我们为什么只学英语，与洋人交流；偏偏不问民间话语，与自己乡民村人交谈，体验我们大地上这种迷人的情感？何况这是一种优美而可视的语言。这种语言坦白、快活、自由、一任天然。没有任何审美的自我强迫，全是审美的自发。它们不像精英文化那样追求深刻，致力创新，强调自我。它们不表现个性，只追求乡亲们的认同；它们追求的实际上是一种共性。至于某些民间艺人的个性表露也纯粹是一种自然的呈现。他们使用的是代代相传的方式。纵向的历史积淀的意义远远超过个人超群的价值。它们最鲜明的个性是地域性，它们的审美语言全是各种各样的审美方言。所以民间审美的重要特点是地域化，也就是审美语言的方言化。这便使民间审美具有很浓厚的文化含量。

写到这里，我便弄明白了——过去我们判断民间艺术美不美，往往依据的是精英文化的标准。这样，我们不但只接受了民间艺术很小的一部分，而且看不到民间艺术中的文化美，也就是民间审美的文化内涵。

今天，我们正处在农耕文明时代向工业化的现代文明的转型期。农耕时代的一切创造渐渐成为历史形态。我们应该从昔时的看待民间文化的偏见性视角与狭义的观念中超越出来，从更广更深的文化角度来认识民间文化，感受民间独特的审美，从而将先人的创造完整地变为后世享用的财富。

2002.12

年文化

在中国民间，最深广的文化，莫过于“年文化”了。

西人的年节，大致是由圣诞到新年，前后一周；中国的旧历年（现称春节）则是早早从吃一口那又黏又稠又香又热的腊八粥时，就微薄地听到了年的脚步。这年的行程真是太长太长，直到转年正月十五闹元宵，在狂热中才画上句号。算一算，四十天。

中国人过年，与农业关系较大。农家的事，以大自然四季为一轮。年在农闲时，便有大把的日子可以折腾；年又在四季之始，生活的热望熊熊燃起。所以，对于中国人来说，过年是非要强化不可的了。或者说，年是一种强化的生活。

这样，一切好吃好穿好玩以及好的想法，都要放在过年上。平日竭力勤俭，岁时极尽所能。缘故是使生活靠向理想的水平。过年是人间生活的顶峰，也是每个孩子一年一度灿烂的梦。

世界上每个民族都有自己的崇拜物。那么中国人崇拜什么？崇拜太阳？崇拜性？崇拜龙？崇拜英雄？崇拜老子？崇拜男人？崇拜祖先？崇拜皇帝和包公……非也！中国人崇拜的是生活本身。“过日子”往往被视为生存过程。在人们给天地三界诸神众佛叩头烧香时，并非信仰，亦非尊崇，乃是企望神佛降福人间，能过上美好又富裕的生活。这无非借助神佛的威力，实现向往；至高无上的仍是生活的本身。

在过年的日子里，生活被理想化了。理想也被生活化了。这生活与迷人的理想混合一起，便有了年的意味。等到过了年，人们走出这年所特有的状态，回到生活里，年的感觉也随即消失，好似一种幻觉消散。是啊，年，实际是一种努力生活化的理想，一种努力理想化的生活。

于是，无论衣食住行，言语行为，生活的一切，无不充溢着年的内容、年的意味和年的精神。且不说鞭炮、春联、福字、年画、吊钱、年糕、糖瓜、元宵、空竹、灯谜、花会、祭祖、拜年、压岁钱、聚宝盆，等等，这些年的专有的物事；打比方，单说饺子，原本是日常食品，到了年节，却非比寻常。从包饺子“捏小人嘴”到吃“团圆饺子”，都深深浸染了年的理想与年的心理。

而此刻，瓶子表示平安，金鱼表示富裕，瓜蔓表示延绵，桃子表示长寿，马蜂与猴表示封侯加官，鸡与菊花都表示吉利吉祥……生活中的一切形象，都用来图解理想。生活敷染了理想，顿时闪闪发光。

对于崇拜生活的民族来说，理想是一种实在的生活愿望。

生活中有欣喜满足，也有苦恼失落；有福从天降，也有灾难横生。年时，站在旧的一年的终点上，面对一片未知的生活，人人都怀着这样的愿望：企盼福气与惧怕灾祸。于是，千百年来，有一句话，把这种“年文化心理”表现得简练又明确，便是：驱邪降福。

这样，喜庆、吉祥、平安、团圆、发财、兴隆、加官、进禄、有余、长寿等年时吉语，便由此而生。这些切实的生活愿望，此刻全都进入生活。无处没有这些语言，无处不见这些吉祥图案。一代代中国人，还由此生发出各种过年方式，营造出浓浓的年的环境与氛围。长长四十天，天天有节目，处处有讲究，事事有说法，这色彩与数字都有深刻的年的内容，这便构成了庞大、深厚、高密度的年文化。

年是自然的，年文化是人为的。它经过精心安排。比方，年前一切筹备的目标都是家庭，人也往家里奔，年夜大团圆的合家饭是年的最高潮；过了年，拜年从家庭内部开始，到亲戚、再到朋友，逐步走向社会；到了正月十五闹元宵，就纯属社会活动了。这年的行为趋势，则是以家庭为核心，反映了对家庭幸福的企望与尊爱。

年文化又是极严格的。它依照自己特定的内涵，从生活中寻找合适的载体。拿物品来说，苹果代表平安，自然就成为年节走红的礼品；梨子有离别意味，在岁时便被冷落一旁；年糕可以用来表示高高兴兴，它几乎成了年的专利品；而鞋子与邪字谐音，便在人们口中尽量避免提及。年，就这样把它可以利用的一切，都推到生活的表面，同时又把自己深在的含意凸现出来。故而，年文化十分鲜亮。

浓浓的年文化，酿出深深的年意年味。中国人过年追求这种年意与年味，当然也就去加强年文化了。

中国人对生活的态度十分有趣。比如闹水的龙和吃人的虎，都很凶恶。但在中国的民间，龙的形象并不可怕，反而要去耍龙灯，人龙一团，喜庆热闹；老虎的形象也不残暴，反被描绘得雄壮威武，憨态可爱，虎鞋虎帽也就跑到孩子身上。通过这种理想方式，生活变得可亲可爱。同样，虽然生活的愿望难以成真，但中国人并不停留在苦苦期待上，而是把理想愿望与现实生活拉在一起，用文化加以创造，将美丽而空空的向往，与实实在在的生活神奇地合为一体。一下子，生活就变得异样地亲近、煌煌有望和充满生气了。这也是过年时我们对生活一种十分特别又美好的感觉。

这一切都源于中国人对生活的崇拜。

中国人不把理想与现实分开，将理想悬挂云端，可望而不可即；而是把物质的和精神的生活视为一体，相互推动，相互引发，用生活追求愿望，用愿望点燃生活，尤其在新春伊始，企望未来之时，这种生活观被年文化发挥得淋漓尽致和无限迷人。

一代代中国人就这样，对年文化，不断加强，共同认同，终于成为中国人一股巨大亲和力和凝聚力之所在。每一次过年，都是一次民族文化的大发扬，一次民族情结的加深，也是民族亲和力的自我加强。于此，再没有别的任何一种文化能与年文化相比。

年文化是与民族共存的文化。

然而，应当承认，年文化受到空前猛烈的冲击。原因是多方面的：

一是西方文化的冲击。现在中国人的家庭中，年轻人渐渐成为一家之主，他们对闯入生活的外来文化更有兴趣；二是人们的社会活动和经济行为多了，节日偏爱消闲，不愿再遵循传统的繁缛习俗；三是年文化的传统含义与现代人的生活观念格格不入；四是年画、鞭炮、祭祖等方式一样样从年的活动中撤出；有一种说法，过年只剩下吃合家饭、春节电视晚会和拜年三项内容，而拜年还在改变为“电话拜年”，如果春节晚会再不带劲，真成了“大周末”了。

没有年意了！没有年味了！恐怕这是当代中国人一种很深的失落，一种文化的失落。

可是，当我们在年前忙着置办年货时，或者在年根底下，在各地大小车站，看着成千上万的人，拥挤着要抢在大年三十回到家中——我们会感到年的情结依然如故，于是我们明白，真正缺少的是年的新的方式与新的载体。

是我们自己把年淡化了。

如今，春节已是一半过年，一半文化。但由于长久以来，一直把年文化当作一种“旧俗”，如今依旧不能从文化上认识年的精神价值，所以在年日渐淡薄之时，我们并无忧虑。难道只有等待社会文明到了相当程度，才会出现年的复兴？

复兴不是复旧，而是从文化上进行选择与弘扬。现在要紧的是，怎样做才能避免把传统扔得太快。太快，会出现文化上的失落与空白，还会接踵出现外来文化的“倒灌”和民族心理的失衡。

建设年文化，便是一个太大的、又不容忽视的文化工程。

2006.1.24《人民日报·海外版》

伪文化之害

伪文化非今日之所为。中国文化悠久，伪文化自然一样源远流长，不过古代的伪文化仅限于仿效书画器物，多半还是出自对古人的崇仰，尊崇过分，则亦步亦趋，以酷肖名人为至高无上，伪作因之生也。不过这对于文化却无大伤害，甚至偶尔还会有点儿益处，比如东晋顾恺之的传世之作，大多是宋人摹本，倘无这些伪品，今日如何知道晋代绘画“人大于山，水不容泛”的样子?

今世的伪文化性质就变了。它并非仿古，而是仿造。仿造不必像仿古那样追求古人的神髓，只要模样差不多，大批制造就行。比如，洛阳的唐三彩到处不愁买不到，尤其从白马寺到洛阳的路上，触目皆是，堆积如山，极为壮观。这并非旅游纪念品，而是照原样复制的廉价工艺品，细看之下，形神俱丧，粗糙不堪。由于生产者争夺市场，盲目投产，供大于求，带来了一片滞销景象，古文化在伪造中贬了值。

在世界各地的唐人街上，情况就更可怜了。几乎所有的工艺品店都是这种中国文化低档的仿制品，价格低贱，又毫无艺术可言。洋人们大多没来过中国，如果对他们说，这是中国国宝的复制品，则必是把中华文化自我轻贱了。

进而言，伪文化在当今中国，可谓铺天盖地，波澜壮阔，几乎每一种具有魅力的文化，都必有浩浩荡荡却毫无魅力的伪文化；甚至每一部古典文学名著，都演化出一座荒唐可笑的娱乐场，如“西游记宫”“封神榜宫”“水浒宫”，等等。小到各种工艺名品，大到亭台楼阁、城池要塞。直到开封的那条仿造古代的大街。

在街上踱步，两旁的屋宇店铺，全都像影城那样散发着虚假的气息，没有特定的年代特征，没有细节的讲究，没有历史知识性的精心设计，更谈不上历史感和历史的美感。无疑，历史在这里不是被高度严格化，被追求，被敬重，而只是一种赚钱的由头。

在这座历尽沧桑的十朝都会的中心，建造出如此一条布置的街道，给人什么感受？对于背靠着五千年灿烂的中华文化的中国人来说，是一种自豪还是自卑？

从历史的演变看，中国文化早在汉唐时代，已臻博大精深，单是一个“精”字，就体现了中华文化的高超与神圣。由是而下，代代承袭，直到清朝的前三代，但此后却忽然急转直下，走向粗鄙。不仅制作简陋，设计也缺乏想象与创意。有人认为，这主要是由于清代中期以后，外侮日亟，国力下降，民族的精神衰颓之故。我想，还有一个原因，便是此时各地新兴的城市崛起，机器生产出现，市场经济勃兴，都促使了工艺操作与制作程序的简便化，以求快捷地获利。文化便走向粗简。粗简向前一步就是粗鄙。

目前，中国市场经济再度蓬勃，文化是否又面临一次粗鄙化？

若说当今伪文化泛滥的缘故，一方面是普遍的文化素质低所致，而诱发这低素质疯狂发作的却是直接的金钱效应。

伪造假烟、假酒、假药、假名牌产品要受法律惩罚，为什么伪文化却通行无阻？这是因为人们并没有看到伪文化之害。

博大精深的中华文化正在被改造得浅显粗陋。

然而，这文化的粗鄙化带来的更深、更长远的危害，不仅仅在文化本身，还将败坏我们的国民精神，即精神走向浅尝辄止、粗糙浮泛、不求精深和甘居落后，伪文化将进一步致使民族低素质化。

文明追求精致，野蛮任其粗鄙，伪文化造成低素质，低素质制造伪文化，若要打破这恶性循环的怪圈，应该从哪一环开始？

1996.1.5《文汇报》首发

谁掏空了古村落?

近年来，在深入各地古村落进行文化遗产的普查时，常常碰到一种令人忧虑的现象。就是它的历史形态虽然依存，那些古老的建筑一幢幢有模有样地立在那里，但建筑里边已经看不到任何历史文化的内涵了。一些非物质文化遗产也都支离破碎。那些唱傩戏的面具、印年画的画版、演影戏的皮影人儿，甚至连寺庙和戏台柱子下边雕花的石礅儿，全都是为了应付游人而找人新刻的。这些古村落除了建筑已经看不到任何历史的记忆与见证，它们都跑到哪里去了呢?

去到北京的潘家园、天津的沈阳道、上海的城隍庙、太原的南宫、成都的送仙桥以及遍布全国各地的大大小小的古董市场和古物集散地看一看吧，都在那里!

我考察过许多国家的古物市场（西方人叫“跳蚤市场”），但绝对没有我们的古董市场如此无奇不有、堆积如山、气势惊人。多年前，我听到一位外国朋友发出感叹，他惊讶于中国历史悠久，古物极为丰富，多得没边。似乎我们的古物取之不尽。但今天如果再去逛逛各地的古物市场，已经被赝品所充斥，罕见真物，现出疲态，真东西不多了！

这不奇怪。首先是长久以来，农村贫穷，物品很难保持。近百年来又经过一次次自我的粗暴的扬弃。更直接和更致命的原因则是近二十年古董市场的开放。当时似有一种理论，似乎古董有了商品价值就不会被丢弃或毁掉，并把这种观点当作古董市场开放的理由而全面放开。但不料，它的负面影响远远大于正面影响。

那些很久以来一直被视作“破烂”的东西，忽然值了银子，一方面刺激了卖，一方面刺激了买。卖是为了换钱；买一半是出于爱好，一半是为了升值。买卖都是市场的需求。这便促使一支专事搜罗古物的队伍——古董商贩的迅速形成与壮大。遗憾的是，我们对遗产最先看到的不是文化价值，而是商品价值；最先深入田野并看重遗产的不是文化人，而是商贩。在金钱的驱使下，无以数计的古董商贩们爬山涉水、千辛万苦地把各省、各镇、各乡、各村的古代遗存——从家藏细软、字画、陶瓷、家具到服装、老照片、家谱、房地契、农具、生活什物，及至窗扇、牛腿、花罩、砖雕、柱础、门墩等全都搬到市场上。我曾到京郊吕家营看过一个来自山西的商贩存放古董的仓库。单是各式各样的油灯就有数百个；大大小小的粮斗，至少上千，浩浩荡荡地摆成一片或高高地堆成一座小山，全是地道的“山西货”。真比我们“拉网式”普查做得还彻底。其结果是，一方面，这些搬到市场的古物失去它的出处，也就失去了对自己原生的那块土地的历史文化见证的价值；另一方面，那些被掏空了的古村落只剩下一个徒具其表的干瘪的躯壳。像一堆没有内页的书皮，只有空壳和书名，没有内涵和内容。

古村落是被古董商贩“淘宝”掏空的，也是被我们自己卖空的，倾其所有地卖空的。这就是二十年来古董市场的负面影响。由于没有人类先进的遗产观，没有认识到这些遗产的精神文化价值，没有在文明转型期（由农耕文明向工业文明转型）自觉的文化保护，也由于太看重古代遗存的经济价值了，才把这些极为重要、失不再来的历史文化遗存失去了，致使大部分古村落和城市的历史街区出现了“文化空巢”现象。

可是，我们现在仍然没有对重要的民间文化遗存和非物质文化遗产的保护法。前些年有一个来自欧洲的女子在贵阳待了六年，专事收集少数民族传世的古老又精美的服装，然后打包装箱运回国。她收获极丰，情不自禁地说出一句大话：“十五年后中国的少数民族服装到我们那里去看！”没有法律保障的遗存会很轻易地流失掉。然而那些古董商贩却一刻未停，依然走村串乡，奋力“淘宝”。古村落仅存的文化汁液还在被使劲地吸吮着。我想，倘若要保住中国大地上最后的原生态的遗存，紧要的是立法保护，当然还有博物馆保护和遗产教育，等等。

我们总不能把古村落全变成文化空巢留给后人！

2007.3.19

文化怎么自觉

近来，一个概念愈来愈响亮，这个概念是“文化自觉”。此于知识界是令人高兴的事，因为这个很早就发自知识界的声音开始有了社会回应。

三十年来，中国社会在进入经济全球化之后显示出蓬勃与雄劲的活力。尽管“两个文明一起抓”提得很早，颇具远见，但对于贫困太久的中国来说，物质性的财富既是迫不及待的需求，又是挡不住的诱惑，故而长期以来“两个文明”一直处于“一手硬一手软”。于是，物质殷富与精神匮乏荒唐搭伴带来的种种问题日渐彰显。这便是提出“文化自觉”的深切现实背景，也是其意义重大之所在。

请注意，当今，是由于人们在现实中痛感到了文明缺失后果之严重，才关注到了文化自觉的必要。关注总是好事，但不是说“文化自觉”，文化就自觉了。重要的是什么叫文化自觉，谁先自觉，怎么自觉。不弄清这些根本问题，“文化自觉”最终会变成一个空洞的口号，真成了喊文化自觉就文化自觉了，甚至会搞偏，红红火火闹一闹“文化”，好像文化就自觉、就繁荣了。

什么叫文化自觉?

依我看，人类的文化（或称“文明史”）分为三个阶段：第一是自发的文化，第二是自觉的文化，第三是文化的自觉。以文字为例——在原始时代，人们为了传达讯息与记事，刻画各种符号于岩壁，却并不知道这是一种文字，是文化，这便是自发的文化阶段；后来人们知道这种符号功能的重要，开始自觉去创造与应用，这便进入自觉的文化阶段；人类由自发文化迈入自觉文化是文明的一大进步，然而更重要的是对文化的自觉。具体到文字上说，就是如何科学地规范文字、保护濒危文字，等等。

文化的自觉就是要清醒地认识到文化和文明于人类的意义必不可少。反过来讲，如果人类一旦失去文化的自觉，便会陷入迷茫、杂乱无序、良莠不分、失去自我，甚至重返愚蛮。

文化自觉还有一个重要方面，是建设当代文化高峰的自觉。

那么文化应该谁先自觉呢?

首先是知识分子。我写过这样一句话：“当社会迷惘的时候，知识分子应当先清醒；当社会过于功利的时候，知识分子应给生活一些梦想。”知识分子天经地义地对社会文明和精神予以关切，并负有责任。没有责任感就会浑然不知，有责任感必然深有觉察，这便说到了知识分子的本质之一——先觉性。先觉才会自觉，或者说自觉本身就是一种先觉。

我们说责任，当然不仅仅是说说而已，而是要去承担。这道理无须多说，从雨果到晚年的托尔斯泰，从顾炎武到鲁迅，他们的言行都在我们心里。然而，我们当今有多少人像他们那样勇于肩负这样的时代使命？这不能不做深刻反省。

再有，国家的文化自觉同样至关重要。

以我这些年从事文化遗产保护时的亲身经历，我以为国家的文化自觉是有的。比如知识界提出的对“非遗”保护的观念与种种措施都得到国家的接受。在确立“文化遗产日”、传统节日放假、制定与颁布“非遗”法、建立“非遗”名录等方面，国家都一步步去做了。可是，在我们口口声声说的“经济社会”中，文化到底放在什么位置？还有宏观的国家文化方略到底是怎样的？仍十分需要明确。

文化只有顺从其本质与规律去发展，才是科学的发展。

在现实中，问题最大的倒是在政府的执行层面上。或由于长期以来重经济轻文化，或由于与政绩难以挂钩，致使文化在经济社会中处于弱势。文化的缺失不会显现在任何一级政府当年的统计表中，但日久天长便峥嵘于各种社会弊端上，并积重难返。因此说，政府的执行层面的文化自觉成了关键。若要使这一层面具有文化自觉必须有切实的办法。否则，文化在这个层面必然化为几场大轰大嗡、明星云集的文化节和一大片斥资数亿的文化场馆。因为，当前文化的遭遇，往往是要么依附于政绩，要么与经济开发挂钩，化为GDP；文化失去了本身最神圣的功能——对文明的推进，还有自身的发展与繁荣。任何事物只有顺从其本质与规律去发展，才是科学的发展。违反其规律与本质就是反科学——在文化上就是反文化的。当然这就更说不到文化自觉了。

我们现在常把文化自觉与“文化自信”并提，这十分必要。这两个概念密切相关，当然还有各自的内涵。文化自觉是真正认识到文化的重要性和自觉地承担；文化自信的关键是确实懂得中华文化所具有的高度和在人类文明中的价值。否则自信由何而来？

我对文化自觉的理解是，首先是知识分子的自觉，即知识分子应当在任何时候都站守文化的前沿，保持先觉，主动承担；还有国家的文化自觉，国家也要有文化的使命感，还要有清晰的时代性的文化方略，只有国家在文化上自觉，社会文明才有保障。当然，关键的还要靠政府执行层面的自觉，只有政府执行层面真正认识到文化的社会意义，文化是精神事业而非经济手段，并按照文化的规律去做文化的事，国家的文化自觉才能真正得以实施与实现。上述各方面的文化自觉最终所要达到的是整个社会与全民的文化自觉。只有全民在文化上自觉，社会文明才能逐步提高、放出光彩。

柒……

物本无情，物皆有情

从属于生命的事物，
一定会永远地记忆着生命的内容，
特别是在生命消失之后。

我最初的人生思索

大概是我九岁那年的晚秋，因为穿着很薄的衣服在院里跑着玩，跑得一身汗，又站在胡同口去看一个疯子，拍了风，病倒了。病得还不轻呢！面颊烧得火辣辣的，脑袋晃晃悠悠，不想吃东西，怕光，尤其受不住别人嗡嗡出声地说话……

妈妈就在外屋给我架一张床，床前的茶几上摆了几瓶味苦难吃的药，还有与其恰恰相反，挺好吃的甜点心和一些很大的梨。妈妈用手绢遮在灯罩上，嗯，真好！灯光细密的针芒再不来逼刺我的眼睛了，同时把一些奇形怪状的影子映在四壁上。为什么精神颓萎的人竟贪享一般地感到昏暗才舒服呢？

我和妈妈住的那间房有扇门通着。该入睡时，妈妈披一条薄毯来问我还难受不，想吃什么？然后，她低下身来，用她很凉的前额抵一抵我的头，那垂下来的毯边的丝穗弄得我的肩膀怪痒的。“还有点儿烧，谢天谢地，好多了……”她说。在半明半暗的灯光里，妈妈朦胧而温柔的脸上现出爱抚和舒心的微笑。

最后，她扶我吃了药，给我盖了被子，就回屋去睡了。只剩下我自己了。

我一时睡不着，便胡思乱想起来。总想编个故事解解闷，但脑子里乱得很，好像一团乱线，抽不出一个可以清晰地思索下去的线头。白天留下的印象搅成一团：那个疯子可笑和可怕的样子总缠着我，不想不行；还有追猫呀，大笑呀，死蜻蜓呀，然后是哥哥打我，挨骂了，呕吐了，又是挨骂；鸡蛋汤冒着热气儿……穿白大褂的那个老头儿，拿着一个连在耳朵上的冰凉的小铁疙瘩，一个劲儿地在我胸脯上乱摁；后来我觉得脑子完全混乱，不听使唤，便什么也不去想，渐渐感到眼皮很重，昏沉沉中，觉得茶几上几只黄色的梨特别刺眼，灯光也讨厌得很，昏暗、无聊、没用，呆呆地照着。睡觉吧，我伸手把灯闭了。

黑了！霎时间好像一切都看不见了。怎么这么安静、这么舒服呀……

跟着，月光好像刚才一直在窗外窥探，此刻从没拉严的窗帘的缝隙里钻了进来，碰到药瓶上、瓷盘上、铜门把手上，散发出淡淡发蓝的幽光。远处一家作坊的机器有节奏地响着，不一会儿也停下来了。偶尔，从很远很远的地方传来货轮的鸣笛声，声音沉闷而悠长……

灯光怎么使生活显得这么狭小，它只照亮身边；而夜，黑黑的，却顿时把天地变得如此广阔、无限深长呢？

我那个年龄并不懂得这些。思索只是简单、即时和短距离的；忧愁和烦恼还从未有乘着夜静和孤独悄悄爬进我的心里。我只觉得这黑夜中的天地神秘极了，浑然一气，深不可测，浩无际涯；我呢，这么小，无依无靠，孤孤单单；这黑洞洞的世界仿佛要吞掉我似的。这时，我感到身下的床没了，屋子没了，地面也没了，四处皆空，一切都无影无踪；自己恍惚悬在天上了，躺在软绵绵的云彩上……周围那样旷阔，一片无穷无尽的透明的乌蓝色，这云也是乌蓝乌蓝的；远远近近还忽隐忽现地闪烁着星星般五光十色的亮点儿……

这天究竟有多大，它总得有个尽头呀！哪里是边？那个边的外面是什么？又有多大？再外边……难道它竟无边无际吗？相比之下，我们多么小。我们又是谁？这么活着，喘气，眨眼，我到底是谁呀！

我伸手摸摸自己的脸、鼻子、嘴唇，觉得陌生又离奇，挺怪似的……这究竟是怎么回事？

我是从哪儿来的？从前我在哪里？什么样子？我怎么成为现在这个我的？将来又怎么样？长大，像爸爸那么高，做事……再大，最后呢？老了，老了以后呢？这时我想起妈妈说过的一句话："谁都得老，都得死的。"

死？这是个多么熟悉的字眼呀！怎么以前我就从来没想过它意味着什么呢？死究竟意味着什么？像爷爷，像从前门口卖糖葫芦那个老婆婆，闭上眼，不能说话，一动不动，好似睡着了一样。可是大家哭得那么伤心。到底还是把他们埋在地下了。为什么要把他们埋起来？他们不就永远也不能说话，也不能动，永远躺在厚厚的土地下了？难道就因为他们死了吗？忽然，我感到一阵死的神秘、阴冷和可怕，觉得周身就仿佛散出凉气来。

于是，哥哥那本没皮儿的画报里脸上长毛的那个怪物出现了，跟着是白天那只死蜻蜓，随时想起来都吓人的鬼故事；跟着，胡同口的那个疯子朝我走来了……黑暗中，出现许多爷爷那样的眼睛，大大小小，紧闭着，眼皮还在鬼鬼祟祟地颤动着，好像要突然睁开，瞪起怕人的眼珠儿来……

我害怕了，已从将要入睡的懵懵中完全清醒过来了。我想——将来，我也要死的，也会被人埋在地下，这世界就不再有我了。我也就再不能像现在这样踢球呀，做游戏呀，捉蟋蟀呀，看马戏时吃那种特别酸的红果片呀……还有时去舅舅家看那个总关得严严实实的迷人的大黑柜，逗那条瘸腿狗，到那乱七八糟、杂物堆积的后院去翻找“宝贝”……而且再也不能“过年”了，那样地熬夜、拜年、放烟火、攒压岁钱；表哥把点着的鞭炮扔进鸡窝去，吓得鸡像鸟儿一样飞到半空中，乐得我喘不过气来；我们还瞒着妈妈去野坑边钓鱼，钓来一条又黄又丑的大鱼，给馋嘴的猫咪咪饱餐了一顿；下雨的晚上，和表哥躺在被窝里，看窗外打着亮闪，响着大雷……活着有多少快活的事，死了就完了。那时，表哥呢？妹妹呢？爸爸妈妈呢？他们都会死吗？他们知道吗？怎么也不害怕呀！我们能够不死吗？活着有多好！大家都好好活着，谁也不死。可是，可是不行啊……“谁都得老，都得死的。”死，这时就像拥有无限威力似的，而且严酷无情。在它面前，我那么无力，哀求也没用，大家都一样，只有顺从，听摆布，等着它最终的来临……想到这里，尤其是想到妈妈，我的心简直冷得发抖。

妈妈将来也会死吗？她比我大，会先老，先死的。她就再不能爱我了，不能像现在这样，脸挨着脸，搂我，亲我……她的笑，她的声音，她柔软而暖和的手，她整个人，在将来某一天就会一下子永远消失了吗？她会有多少话想说，却不能说，我也就永远无法听到了；她再看不见我，我的一切她也不再会知道。如果那时我有话要告诉她呢？到哪儿去找她？她也得被埋在地下吗？土地，坚硬、潮湿、冷冰冰的……我真怕极了。先是伤心、难过、流泪，而后愈想愈心虚害怕，急得蹬起被子来。趁妈妈活着的时光，我要赶紧爱她，听她的话，不惹她生气，只做让大家和妈妈高兴的事。哪怕她还骂我，我也要爱她，快爱，多爱；我就要起来跑到她房里，紧紧搂住她……

四周黑极了，这一切太怕人了。我要拉开灯，但抓不着灯线，慌乱的手碰到茶几上的药瓶。我便失声哭叫起来："妈妈，妈妈……"

灯忽然亮了。妈妈就站在床前。她莫名其妙地看着我："怎么，做噩梦了？别怕……孩子，别怕。"

她俯身又用前额抵一抵我的头。这回她的前额不凉，反而挺热的了。"好了，烧退了。"她宽心而温柔地笑着。

刚才的恐怖感还没离开我。这是怎么回事？我茫然地望着她，有种异样的感觉。一时，我很冲动，要去拥抱她，但只微微挺起胸脯，脑袋却像灌了铅似的沉重，刚刚离开枕头，又坠倒在床上。

“做什么？你刚好，当心再着凉。”她说着便坐在我床边，紧挨着我，安静地望着我，一直在微笑，并用她暖和的手抚弄我的脸颊和头发。“你刚才是不是做噩梦了？听你喊的声音好大哪！”

“不是，……我想了……将来，不，我……”我想把刚才所想的事情告诉给妈妈，但不知为什么，竟然无法说出来。是不是担心说出来，她知道后也要害怕的。那是件多么可怕的事啊！

“得了，别说了，疯了一天了，快睡吧！明天病就全好了……”

昏暗的灯光静静地照着床前的药瓶、点心和黄色的梨，照着妈妈无言而含笑的脸。她拉着我的手，我便不由得把她的手握得紧紧的……

我再不敢想那些可怕又莫解的事了。但愿世界上根本没有那种事。

栖息在邻院大树上的乌鸦不知何故，含糊不清地咕囔一阵子，又静下去了。被月光照得微明的窗帘上走过一只猫的影子。渐渐地，一切都静止了，模糊了，淡远了，融化了，变成一团无形的、流动的、软软而迷漫的烟。我不知不觉便睡着了。

一个深奥而难解的谜，从那个夜晚便悄悄留存在我的心里。后来我才知道，这是我最初在思索人生。

1981.9天津

花脸

做孩子的时候，盼过年的心情比大人来得迫切，吃穿玩乐花样都多，还可以把拜年来的亲友塞到手心里的一小红包压岁钱都积攒起来，做个小富翁。但对于孩子们来说，过年的魅力还有更深一层的缘故，便是我要写在这几张纸上的。

每逢年至，小闺女们闹着戴绒花、穿红袄、嘴巴涂上浓浓的胭脂团儿；男孩子们的兴趣都在鞭炮上，我则不然，最喜欢的是买个花脸戴。这是种纸浆轧制成的面具，用掺胶的彩粉画上戏里边那些有名有姓、威风十足的大花脸。后边拴根橡皮条，往头上一套，自己俨然就变成那员虎将了。这花脸是依脸型轧的，眼睛处挖两个孔，可以从里边往外看。但鼻子和嘴的地方不通气儿，一戴上，好闷，还有股臭胶和纸浆的味儿；说出话来，声音变得低粗，却有大将威武不凡的气概，神气得很。

一年年根儿，舅舅带我去娘娘宫前年货集市上买花脸。过年时人都分外有劲，挤在人群里好费力，终于从挂满在一条横竿上的花花绿绿几十种花脸中，惊喜地发现一个。这花脸好大，好特别！通面赤红，一双墨眉，眼角雄俊地吊起，头上边凸起一块绿包头，长巾贴脸垂下，脸下边是用马尾做的很长的胡须。这花脸与那些愣头愣脑、傻头傻脑、神头鬼脸的都不一样。虽然毫不凶恶，却有股子凛然不可侵犯的庄重之气，咄咄逼人。叫我看得直缩脖子，要是把它戴在脸上，管叫别人也吓得缩脖子。我竟不敢用手指它，只是朝它扬下巴，说："我要那个大红脸！"

卖花脸的小罗锅儿，举竿儿挑下这花脸给我，龇着黄牙笑嘻嘻地说："还是这小少爷有眼力，要做关老爷！关老爷还得拿把青龙偃月刀呢！我给您挑把顶精神的！"就着从戳在地上的一捆刀枪里，抽出一柄最漂亮的大刀给我。大红漆杆，金黄刀面，刀面上嵌着几块闪闪发光的小镜片，中间画一条碧绿的小龙，还拴一朵红缨子。这刀！这花脸！没想到一下得到两件宝贝。我高兴得只是笑，话都说不出。舅舅付了钱，坐三轮车回家时，我就戴着花脸，倚着舅舅的大棉袍执刀而立，一路引来不少人瞧我，特别是那些与我一般大的男孩子们投来艳羡的目光时，使我快活至极。舅舅给我讲了许多关公的故事，过五关斩六将，温酒斩华雄。舅舅边讲边说："你好英雄呀！"好像在说我的光荣史。当他告诉我这把青龙偃月刀重八十斤时，我简直觉得自己力大无穷。舅舅还教我用京剧自报家门的腔调说：

"我——姓关，名羽，字云长。"

到家，人人见人人夸，妈妈似乎比我更高兴。连总是厉害地板着脸的爸爸也含笑称我"小关公"。我推开人们，跑到穿衣镜前，横刀立马地一照，呀，哪里是小关公，我是大关公哪！

这样，整个大年三十我一直戴着花脸，谁说都不肯摘，睡觉时也戴着它，还是睡着后我妈妈轻轻摘下放在我枕边的，转天醒来头件事便是马上戴上，恢复我这“关老爷”的本来面貌。

大年初一，客人们陆陆续续来拜年，妈妈喊我去，好叫客人们见识见识我这关老爷。我手握大刀，摇晃着肩膀，威风地走进客厅，憋足嗓门叫道：“我——姓关，名羽，字云长。”

客人们哄堂大笑，都说：“好个关老爷，有你守家，保管大鬼小鬼进不来！”

我越发神气，大刀呼呼抡两圈，摆个张牙舞爪的架势，逗得客人们笑个不停。只要客人来，妈妈就喊我出场表演。妈妈还给我换上只有三十夜拜祖宗时才能穿的那件青缎金花的小袍子。我成了全家过年的主角。连爸爸对我也另眼看待了。

我下楼一向不走楼梯。我家楼梯扶手是整根的光亮的圆木。下楼时便一条腿跨上去，“哧溜”一下滑到底。这时我就故意躲在楼上，等客人来时突然由天而降，叫他们惊奇，效果会更响亮！

初一下午，来客进入客厅，妈妈一喊我，我跨上楼梯扶手飞骑而下，呜呀呀大叫一声闯进客厅，大刀上下一抡，谁知用力过猛，脚底没根，身子栽出去，“叭”的巨响，大刀正砍在花架上一尊插桃枝的大瓷瓶上，哗啦啦粉粉碎，只见瓷片、桃枝和瓶里的水飞向满屋，一个瓷片从二姑脸旁飞过，险些擦上了；屋内如淋急雨，所有人穿的新衣裳都是水渍；再看爸爸，他像老虎一样直望着我，哎哟，一根开花的小桃枝迎面飞去，正插在他梳得油光光的头发里。后来才知道被我打碎的是一尊祖传的乾隆官窑百蝶瓶，这简直是死罪！我坐在地上吓傻了，等候爸爸上来一顿狠狠地揪打。妈妈的神情好像比我更紧张，她一下抓不着办法救我，瞪大眼睛等待爸爸的爆发。

就在这生死关头，二姑忽然破颜而笑，拍着一双雪白的手说道：

“好啊，好啊，今年大吉大利，岁（碎）岁（碎）平安呀！哎，关老爷，干吗傻坐在地上，快起来，二姑还要看你耍大刀哪！”

谁知二姑这是使什么法术，绷紧的气势霎时就松开了。另一位姨婆马上应和说：“旧的不去，新的不来，不除旧，不迎新。您等着瞧吧，今年非抱个大金娃娃不成，是吧！”她满脸欢笑朝我爸爸说，叫他应声。其他客人也一拥而上，说吉祥话，哄爸爸乐。

这些话平时根本压不住爸爸的火气，此刻竟有神奇的效力，迫使他不乐也得乐。过年乐，没灾祸。爸爸只得嘿嘿两声，点头说：

“啊，好、好、好……”

尽管他脸上的笑纹明显含着被克制的怒意，我却奇迹般地因此逃脱开一次严惩。妈妈对我丢了眼色，我立刻爬起来，拖着大刀，狼狈而逃。身后还响着客人们着意的拍手声、叫好声和笑声。

往后几天里，再有拜年的客人来，妈妈不再喊我，节目被取消了。我躲在自己屋里很少露面，那把大刀也掖在床底下，只是花脸依旧戴着，大概躲在这硬纸后边再碰到爸爸时有种安全感。每每从眼孔里望见爸爸那张阴沉含怒的脸，不再觉得自己是关老爷，而是个可怜虫了！

过了正月十五，大年就算过去了。我因为和妹妹争吃撤下来的祭灶用的糖瓜，被爸爸抓着腰提起来，按在床上死揍了一顿。我心里清楚，他是把打碎花瓶的罪过加在这件事上一起清算，因为他盛怒时，向我要来那把惹祸的大刀，用力折成段，大花脸也撕成碎片片。

从这事，我悟到一个祖传的概念：一年之中唯有过年这几天是孩子们的自由日，在这几天里无论怎样放胆去闹，也不会立刻得到惩罚。这便是所有孩子都盼望过年深在的缘故。当然那被撕碎的花脸也提醒我，在这有限的自由里可得勒着点儿自己，当心事后加倍地算账。

1989.2.21

捅马蜂窝

爷爷的后院虽小，它除去堆放杂物，很少有人去，里边的花木从不修剪，快长疯了！枝叶纠缠，阴影深浓，却是鸟儿、蝶儿、虫儿们生存和嬉戏的一片乐土，也是我儿时的乐园。我喜欢从那爬满青苔的湿漉漉的大树干上，取下一只又轻又薄的蝉衣，从土里挖出筷子粗的肥大的蚯蚓，把团团飞舞的小蠓虫赶到蜘蛛网上去。那沉甸甸压弯枝条的海棠果，个个都比市场买来的大。这里，最壮观的要数爷爷窗檐下的马蜂窝了，好像倒垂的一只大莲蓬，无数金黄色的马蜂爬进爬出，飞来飞去，不知忙些什么，大概总有百十只之多，以致爷爷不敢开窗子，怕它们中间哪个冒失鬼一头闯进屋来。

“真该死，屋子连透透气儿也不能，哪天请人来把这马蜂窝捅下来！”奶奶总为这个马蜂窝生气。

“不行，要蜇死人的！”爷爷说。

“怎么不行？头上蒙块布，拿竹竿一捅就下来。”奶奶反驳道。

“捅不得，捅不得。”爷爷连连摇手。

我站在一旁，心里却涌出一种捅马蜂窝的强烈欲望。那多有趣！当我给这个淘气的欲望鼓动得难以抑制时，就找来妹妹，乘着爷爷午睡的当儿，悄悄溜到从走廊通往后院的小门口。我脱下褂子蒙住头顶，用扣上衣扣儿的前襟遮盖下半张脸，只露一双眼。又把两根竹竿接绑起来，作为捣毁马蜂窝的武器。我和妹妹约定好，她躲在门里，把住关口，待我捅下马蜂窝，赶紧开门放我进来，然后把门关住。

妹妹躲在门缝后边，眼瞧我这非凡而冒险的行动。我开始有些迟疑，最后还是好奇战胜了胆怯。当我的竿头触到蜂窝的一刹那，好像听到爷爷在屋内呼叫，但我已经顾不得别的，一些受惊的马蜂轰地飞起来，我赶紧用竿头顶住蜂窝使劲地摇撼两下，只听“嗵”，一个沉甸甸的东西掉下来，跟着一团黄色的飞虫腾空而起，我扔掉竿子往小门那边跑，谁料到妹妹害怕，把门在里边插上，她跑了，将我关在门外。我一回头，只见一只马蜂径直而凶猛地朝我扑来，好像一架燃料耗尽、决心相撞的战斗机。这复仇者不顾一死而拼死的气势使我惊呆了。我抬手想挡住脸，只觉眉心像被针扎似的剧烈地一疼，挨蜇了！我捂着脸大叫，不知道谁开门把我拖到屋里。

当夜，我发了高烧。眉心处肿起一个枣大的疙瘩，自己都能用眼瞧见。家里人轮番用醋、酒、黄酱、万金油和凉手巾把儿，也没能使我那肿疮迅速消下来。转天请来医生，打针吃药，七八天后才渐渐复愈。这一下好不轻呢！我生病也没有过这么长时间，以致消肿后的几天里不敢到那通向后院的小走廊上去，生怕那些马蜂还守在小门口等着我。

过了些天，惊恐稍定，我去爷爷的屋子，他不在，隔窗看见他站在当院里，摆手召唤我去，我大着胆子去了。爷爷手指窗根处叫我看，原来是我捅掉的那个马蜂窝，却一只马蜂也不见了，好像一只丢弃的干枯的大莲蓬头。爷爷又指了指我的脚下，一只马蜂！我惊吓得差点儿叫起来，慌忙跳开。

“怕什么，它早死了！”爷爷说。

仔细瞧，噢，原来是死的。仰面朝天躺在地上，几只黑蚂蚁在它身上爬来爬去。

“这就是蜇你的那只马蜂。马蜂就是这样，你不惹它，它不蜇你。它要是蜇了你，自己也就死了。”爷爷说。

“那它干吗还要蜇我呢，它不就完了吗？”

“你毁了它的家，它当然不肯轻易饶你，它要拼命的！”爷爷说。

我听了心里暗暗吃惊。一只小虫竟有这样的激情和勇气。低头再瞧瞧那只马蜂，微风吹着它，轻轻颤动，好似活了一般。我不禁想起那天它朝我猛扑过来时那副生死不顾的架势，与毁坏它们生活的人拼出一死，真像一个英雄……我面对这壮烈牺牲的小飞虫的尸体，似乎有种罪孽感沉重地压在我的心上。

那一窝马蜂呢，无家可归的一群呢，它们还会不会回来重建家园？我甚至想用胶水把那只空空的蜂窝粘上去。

这一年，我经常站在爷爷的后院里，始终没有等来一只马蜂。

转年开春，有两只马蜂飞到爷爷的窗檐下，落到被晒暖的木窗框上，然后还在过去的旧巢的残迹上爬了一阵子，跟着飞去而不再来。空空又是一年。

第三年，风和日丽之时，爷爷忽叫我抬头看，隔着窗玻璃看见窗檐下几只赤黄色的马蜂忙来忙去。在这中间，我忽然看到，一个小巧的、银灰色的第一间蜂窝已经筑成了。

于是，我和爷爷面对面开颜而笑，笑得十分舒心。我不由得暗暗告诉自己，再不做一件伤害旁人的事。

1982.11.17　2010.1新

我的“三级跳”

我离开学校进入社会，将近二十年，换了三种职业。先是专业篮球运动员（故此我常说自己是“运动员出身”），而后改为从事绘画，近两年终日捏着笔杆，开始了文学生涯。这好比职业上的“三级跳”，而每一跳都跨进一个全新的领域。这三种职业又都是我热爱的。有的同志对我的经历饶有兴趣，问我怎么从“打球”跳到“画画”，又从“画画”跳到“文学创作”上来的。谈谈这“三级跳”的过程，恐怕能给一些同志有点儿启发，从中悟到某些道理。

我上小学时就淘气得很。功课勉强过得去，全仗着记忆力强和有些小聪明。兴趣都在课下。那些在孩子们中间一阵阵流行起来的小游戏，像什么砸杏核啦、抓羊拐啦、拍毛片儿啦、捉蟋蟀等，我都予以极浓厚的兴趣。尤其爱玩球和画画。下学铃声一响，就和一群同学飞奔到操场，把书包、帽子往地上一扔，摆个“大门”，一直踢到天黑也不肯回家；有时一脚把球踢远，都不易找到。在课堂上课时，则是我画画最好的时刻。将课本像个小屏风那样立在前边，挡住老师的视线；再从作业本上扯下一页白纸，便开始大画起来。起先是一边听讲一边画。画飞机、大炮、舰队、小人。画得入迷时，嘴里便不自觉地发出枪鸣炮响、小人呼叫的声音。忽然，只听一声呵斥，老师已站在面前，严厉地板着面孔，把我这些心爱的画没收了。记得我小学时的课本从来不是干干净净的；封面、封底和所有空白处都挤满了我想象出来的奇怪而稚气的形象。

这些在课余练就的“本领”总算有用。到了中学，我就成了学校篮球队的队员，还是常常赢得学校里的球迷们掌声的一名主力中锋；同时也是学校美术组的积极分子。寒暑假期里，跟一位私人教画教师学习中国画。高中一年级时，我以一幅题为《夏天》的国画作品参加市里举办的中学生美术展览而获得了奖状和奖品。可惜由于年深日久，这张能够作为纪念的奖状不知何时丢掉了。这时，我又爱上了文学。一个人在少年时代，总有一部分时间生活在幻想里，对万物充满好奇，感情混在热血中，炽烈又易于冲动，因此特别容易迷恋于诗。许多从事文学工作的人，开始起步时，大都是在日记本上写满一页页不成样的、却是真挚的诗句。于是，在我的小小书桌上，唐宋大诗人们的集子，以及普希金、莱蒙托夫、海涅、拜伦、惠特曼的集子，就把课本埋了起来。我爱那些诗，常常一连半个多小时独自在屋里充满感情地背诵那些诗，也模仿着写了一本又一本诗集。取了些自以为很美和很深奥的名字，自己做插图和封面，自己出书。并把这些自制的诗集和我所崇拜的巨匠的诗作放在一起，引以为快……

想想看，我有那么多爱好，学业自然不大出众。尤其在理工科方面，往往必须补考才能将就够上及格的分数。我在历任的数学教师的眼里，是个缺乏数字概念、不可造就、低能的学生。前不久，我中学时代的一位老师来信说："你给我留下的印象是，爱打球、贪玩儿、画儿画得不错。你挺聪明，但绝不是模范生……"

他说的一点儿也不错。高中毕业后，我被一位有名的篮球教练一眼看上，选入了天津市男子篮球队。这是我"跳"的第一步。

这里没有更多篇幅来尽述我那段时间的迷人和有趣的运动员生活。我虽然渴望能成为一名出色的球手，但不知为什么，始终抛不开书和画。每当周末休假，我就急急渴渴跑回家，脚上穿着球鞋，一双胳膊就架在书桌上，画上整整一天。在我那运动队宿舍床位的枕边，总堆着书。那时球队正采用日本名教练大松博文的大运动量训练。晚间，同屋的经过一天紧张训练的队员们都酣睡了，鼾声如雷；我却捧着一本书，对那些跃动着动人形象的、富于魔力的文学，极力张开疲乏的眼皮……

这时，我已隐隐地感到，打球还不是我最终选定的职业；好像一只暂时小憩花枝上的鸟儿。花儿虽美，香气扑鼻，却还不是它的归宿。

在一场比赛中，我受了伤，离开了球队。这一下，我就跳进了十分喜爱的、渴望已久的绘画中来了。这便是我的第二“跳”。

开始，我在一个画社，从事古画仿制工作。我当初学画时，入手宋代的北宋画法。我摹制的画，大多是宋代画家范宽、刘松年、马远、夏圭等人的作品。由于我对风俗画抱有兴趣，也刻意于酷肖地临摹过苏汉臣的《货郎图》和张择端的《清明上河图》。这时我对艺术的兴趣就广泛展开了。人类文化有如广袤无际的天地，各种文学艺术之间息息相通；若在这中间旅行，饱览过一处名胜之后，自然想到另一处有着无穷情趣的千岩万壑遨游一番。由中国画到西洋绘画，由中国文学到外国文学，由古典到现代，由正统艺术到民间艺术，我差不多都涉猎了。而各种文学艺术所独具的艺术美互相不能替代，几乎以同样的魅力磁石般地吸引着我。我所深深喜爱的古今中外的名著和名画，一口气是数不尽的。曾有一段时间，我致力于考察本地的民间艺术的渊源和历史，如风筝、泥塑、砖刻、年画，等等。那时，我的桌上和柜顶便站满了从市郊和外县征集来的泥人泥马。这使我的兴趣深入到对地方风俗和地方史的研究上。我把这些随时得到的体会写成一些小文章，开始在本市的报纸上发表。当一个青年看到自己用心血铸成的文字出现在报刊上，他不仅会得来喜悦、动力和自信，从此笔杆也就要牢牢握在他的手里，不再容易抛掉……

这样，我就再一次感到，绘画仍不是我最好的归宿。我广泛的爱好，我所要表现的，如同一盆水，而绘画对于我却仅仅是一个小小的碗儿。似乎我还要再一次从职业里跳出来。

十多年的生活，使我一下子了解和熟悉了无数的人。那么多深切的感觉、思想和情感有待于表现。绘画绝不是我最得力的工具，我便毅然从调色盘里拔足而起，落入了文坛，走上了文学创作的道路。

这便是我职业上“三级跳”的简要的全过程。

这样，我就如同一个迷途在外的游子，终于找到了自己的故居；如同游入大海的一条鱼儿，得以自由自在地遨游。对于一个从事文学的人来说，他的全部经历、全部爱好、全部知识，都是有用的，一点儿也不会浪费掉。一部成功的文学作品要囊括进去多么丰富的生活！多么庞杂的生活知识、经验和感受！作者只会常常感到自己生活浅薄，知识狭窄和贫乏，缺陷处很多，需要随时和及时加以补充。

这一点，我深有体会。

我做过运动员。除去这段生活的积累会给我写运动员生活题材的作品提供素材之外，还使我有较好的身体基础。写东西不仅要用脑力，也要有饱满的精力。没有精力，几十万字一贯到底谈何容易！有人以为，写书的人都是弱不禁风的文弱书生，其实不然。手执一支笔，目对空无一字的稿纸，一写十几个小时，长年如此，难道不是全仗着充沛的精力吗？而精力却蕴发自强劲的体力中。因此我现在每天都要早起跑跑步，以保持体力和精力而不衰。

我画过画。绘画锻炼一个人对可视的美的事物的发现力、对形象的记忆力、对于想象和虚构的形象与空间境像具体化的能力。许多善画和精通绘画的作家（如曹雪芹、罗曼·罗兰、萨克雷等）对形象的描写都来得比较容易，得心应手，给人以似可目见的画面感。而文学的要求之一就是“要立即生出形象”（契诃夫语）。我深感有绘画修养，对写小说帮助可太大了。所以我现在也没有撂下画笔，而在写作之余，时时捉笔来画一画。

我其余那些庞杂的爱好，如地方史啦，地方风俗啦，民间艺术啦，古代文物啦，等等，对于我写作，都起着直接与间接的作用。比如我写长篇历史小说《义和拳》和《神灯》时，这些平日所留意而积累下来的知识，都变成创作时极其珍贵而随手拈来的素材了。

我还喜欢音乐。尤爱听钢琴曲和提琴的独奏曲、协奏曲，以及大型交响乐。它们启发我对美的联想，丰富情感，给予我无穷、复杂和深远的境界。各种艺术在本质上都有着许多共同之处。长篇小说很像一部大型交响乐，小说中人物之间的穿插不就同交响乐里各种乐器的配合一样吗？一部书中的繁与疏、张与弛、虚与实、高潮与低潮，与一部乐曲中起伏消长的变化多么相像！在音乐欣赏中，可以悟解到多少文学创作中应该遵循的艺术规律啊！

关于文学与艺术的关系，姐妹艺术修养的必要性等问题，可以另写一大篇文章。这里，我想从自己的“三级跳”引出另外一些话——

从我的经历上放开看，许多人开始从事的工作，并不一定是最适合自己的工作。人的才能是多方面的，有的人在美术上，有的人在运动上，有的人在计算上，有的人在组织能力上；有的人手巧得很，有的人耳朵相当灵敏，有的口才出众，有的人天生一副动听的金嗓子。但这才能在他的本职工作中往往由于不需或用不上，而被埋没，如同一粒深埋在沙砾下的珍珠，未得发光放彩，而业余生活却是一片造就人才的天地。我要对某些同志说，如果你发现自己在某方面的特长和素质，应当抓紧业余时间，埋头苦干，先在这块天地里干出一番成绩来，我相信你最终会像我这样——跳进自己热爱的职业中。你去看吧！古往今来，大部分专业人才都是从“业余”中产生的。当然这需要一种为了革命的个人奋斗的精神！

对于某些领导同志，切不要把那些在业余时间里抱着一种正当爱好、埋头钻研的人，看作是“不务正业”。否则，便是不恰当的、短视的、狭隘的。在一个突飞猛进向前飞跃的社会里，必然是所有人的才能（各种各样的才能）都得到最大限度的发挥。只有每个人都挥尽自己的血汗与才能，科学才能进步，文化才能繁荣，国家才能富强。

我从绘画跳入文学时，原单位一个领导对我说：“我不留你。虽然我也很需要你。但我知道，你去写作，对社会的贡献会更大。”

我听了感动万分，眼睛都潮湿了。文艺工作者的成长和进步，多么需要党的阳光和领导的帮助啊！

邓小平同志在全国第四次文代会《祝辞》中说："必须十分重视文艺人才的培养。在一个九亿多人口的大国里，杰出的文艺家实在太少了。这种状况与我们的时代很不相称。我们不仅要从思想上，而且要从工作制度上，创造有利于杰出人才涌现和成长的必要条件。""四人帮"被粉碎后，我们又一次亲身感受到，党坚决贯彻执行"双百方针"，为文艺的发展开拓广阔的天地，老一辈的、青年一代的专业、业余文艺工作者都受到过关怀和培养。因此，每当我回想起自己如何走上文学创作道路时常想，应怎样努力提高自己，不辜负党的培养，永远忠实于生活，为人民服务，为社会主义服务。

原载《广州文艺》1980年第10期

往事如“烟”

从家族史的意义上说，抽烟没有遗传。虽然我父亲抽烟，我也抽过烟，但在烟上我们没有基因关系。我曾经大抽其烟，我儿子却决不沾烟，儿子坚定地认为不抽烟是一种文明。看来个人的烟史是一段绝对属于自己的人生故事。而且在开始成为烟民时，就像好小说那样，各自还都有一个“非凡”的开头。

记得上小学时，我做肺部的X光透视检查。医生一看我肺部的影像，竟然朝我瞪大双眼，那神气好像发现了奇迹。他对我说：“你的肺简直跟玻璃的一样，太干净太透亮了。记住，孩子，长大可绝对不要吸烟！”

可是，后来步入艰难的社会。我从事仿制古画的单位被“文革”的大锤击碎。我必须为一家塑料印刷的小作坊跑业务，天天像沿街乞讨一样，钻进一家家工厂去寻找活计。而接洽业务，打开局面，与对方沟通，先要敬上一支烟。烟是市井中一把打开对方大门的钥匙。可最初我敬上烟时，却只是看着对方抽，自己不抽。这样反倒有些尴尬。敬烟成了生硬的“送礼”。于是，我便硬着头皮开始了抽烟的生涯。为了敬烟而吸烟。应该说，我抽烟完全是被迫的。

儿时，那位医生叮嘱我的话，那句金玉良言，我至今未忘。但生活的警句常常被生活本身击碎。因为现实总是至高无上的。甚至还会叫真理甘拜下风。当然，如果说起我对生活严酷性的体验，这还只是九牛一毛呢！

古人以为诗人离不开酒，酒后的放纵会给诗人招来意外的灵感；今人以为作家的写作离不开烟，看看他们写作时脑袋顶上那纷纭缭绕的烟缕，多么像他们头脑中翻滚的思绪啊。但这全是误解！好的诗句都是在清明的头脑中跳跃出来的；而“无烟作家”也一样写出大作品。

他们并不是为了写作才抽烟。他们只是写作时也要抽烟而已。

真正的烟民全都是无时不抽的。

他们闲时抽，忙时抽；舒服时抽，疲乏时抽；苦闷时抽，兴奋时抽；一个人时抽，一群人时更抽；喝茶时抽，喝酒时抽；饭前抽几口，饭后抽一支；睡前抽几口，醒来抽一支。右手空着时用右手抽，右手忙着时用左手抽。如果坐着抽，走着抽，躺着也抽，那一准是头一流的烟民。记得我在自己烟史的高峰期，半夜起来还要点上烟，抽半支，再睡。我们误以为烟有消闲、解闷、镇定、提神和助兴的功能，其实不然。对于烟民来说，不过是这无时不伴随着他们的小小的烟卷，参与了他们大大小小一切的人生苦乐罢了。

我至今记得父亲挨整时，总躲在屋角不停地抽烟。那个浓烟包裹着的一动不动的蜷曲的身影，是我见到过的世间最愁苦的形象。烟，到底是消解了还是加重他了的忧愁和抑郁？

那么，人们的烟瘾又是从何而来？

烟瘾来自烟的魅力。我看烟的魅力，就是在你把一支雪白和崭新的烟卷从烟盒抽出来，性感地夹在唇间，点上，然后深深地将雾化了的带着刺激性香味的烟丝吸入身体而略感精神一爽的那一刻。即抽第一口烟的那一刻。随后，便是这吸烟动作的不断重复。而烟的魅力在这不断重复的吸烟中消失。

其实，世界上大部分事物的魅力，都在这最初接触的那一刻。

我们总想去再感受一下那一刻，于是就有了瘾。所以说，烟瘾就是不断燃起的“抽上一口”——也就是第一口烟的欲求。这第一口之后再吸下去，就成了一种毫无意义的习惯性的行为。我的一位好友张贤亮深谙此理，所以他每次点上烟，抽上两三口，就把烟按死在烟缸里。有人说，他才是最懂得抽烟的。他抽烟一如赏烟。并说他是“最高品位的烟民”。但也有人说，这第一口所受尼古丁的伤害最大，最具冲击性，所以笑称他是“自残意识最清醒的烟鬼”。但是，不管怎么样，烟最终留给我们的是发黄的牙和夹烟卷的手指，熏黑的肺，咳嗽和痰喘，还有难以谢绝的烟瘾本身。

父亲抽了一辈子烟。抽得够凶。他年轻时最爱抽英国老牌的“红光”，后来专抽“恒大”。“文革”时发给他的生活费只够吃饭，但他还是要挤出钱来，抽一种军绿色封皮的最廉价的“战斗牌”纸烟。如果偶尔得到一支“墨菊”“牡丹”，便像今天中了彩那样，立刻眉开眼笑。这烟一直抽得他晚年患“肺气肿”，肺叶成了筒形，呼吸很费力，才把烟扔掉。

十多年前，我抽得也凶，尤其是写作中。我住在北京人民文学出版社写长篇时，四五个作家挤在一间屋里，连写作带睡觉。我们全抽烟，天天把小屋抽成一片云海。灰白色厚厚的云层静静地浮在屋子中间。烟民之间全是有福同享。一人有烟大家抽，抽完这人抽那人。全抽完了，就趴在地上找烟头。凑几个烟头，剥出烟丝，撕一条稿纸卷上，又一支烟。可有时晚上躺下来，忽然害怕桌上烟火未熄，犯起了神经质，爬起来查看查看，还不放心。索性把新写的稿纸拿到枕边，怕把自己的心血烧掉。

烟民做到这个份儿，后来戒烟的过程必然十分艰难。单用意志远远不够，还得使出各种办法对付自己。比方，一方面我在面前故意摆一盒烟，用激将法来捶打自己的意志；一方面在烟瘾上来时，又不得不把一支不装烟丝的空烟斗叼在嘴上。好像在戒奶的孩子的嘴里塞上一个奶嘴，致使来访的朋友们哈哈大笑。

只有在戒烟的时候，才会感受到烟的厉害。

最厉害的事物是一种看不见的习惯。当你与一种有害的习惯诀别之后，又找不到新的事物并成为一种习惯时，最容易出现的便是返回去。从生活习惯到思想习惯全是如此。这一点也是我在小说《三寸金莲》中“放足”那部分着意写的。

如今我已经戒烟十年有余。屋内烟消云散，一片清明，空气里只有观音竹细密的小叶散出的优雅而高逸的气息。至于架上的书，历史的界线更显分明：凡是发黄的书脊，全是我吸烟时代就立在书架上的；此后来者，则一律鲜明夺目，毫无污染。今天，写作时不再吸烟，思维一样灵动如水，活泼而光亮。往往看到电视片中出现一位奋笔写作的作家，一边皱眉深思，一边喷云吐雾，我会哑然失笑。并庆幸自己已然和这种糟糕的样子永久地告别了。

一个边儿磨毛的皮烟盒，一个老式的有机玻璃烟嘴，陈放在我的玻璃柜里。这是我生命的文物。但在它们成为文物之后，所证实的不仅仅是我做过烟民的履历，它还会忽然鲜活地把昨天生活中某一个画面唤醒，就像我上边描述的那种种的细节和种种的滋味。

去年，我去北欧。在爱尔兰首都都柏林的一个小烟摊前，忽然一个圆形红色的形象跳到眼中。我马上认出这是父亲半个世纪前常抽的那种英国名牌烟“红光”。一种十分特别和久违的亲切感拥到我的身上。我马上买了一盒。回津后，在父亲祭日那天，用一束淡雅的花衬托着，将它放在父亲的墓前。这一瞬竟叫我感到了父亲在世一般的音容，很生动，很贴近。这真是奇妙的事！虽然我明明知道这烟曾经有害于父亲的身体，在父亲活着的时候，我希望彻底撇掉它。但在父亲离去后，我为什么又把它十分珍惜地自万里之外捧了回来？

我明白了，这烟其实早已经是父亲生命的一部分。

从属于生命的事物，一定会永远地记忆着生命的内容，特别是在生命消失之后。我这句话是广义的。

物本无情，物皆有情，这两句话中间的道理便是本文深在的主题。

2001.2 天津

命运的驱使

这是我踏上文学之路时最初的足迹。它一片凌乱、深深浅浅、反反复复，仿佛带着那样多的不情愿、被迫和犹豫不决……这究竟为了什么？

一九六六年的大狂乱到来之前，我的世界有如风暴前的海面，它没有丝毫预感，没察觉任何先兆，在一片出奇的静谧里，暖意的阳光躺在我柔软的、层层皱褶一般的、有节奏的生活波浪上。那时我才二十多岁！我热爱着艺术。我是肖邦、柴可夫斯基、贝多芬最驯顺的俘虏；我常常一个人在屋里高声背诵《长恨歌》《蜀道难》和普希金的《致大海》；最后，我终于以一种为美丽而献身的精神，决意把一生的时光，都融进调色盘里。那雨中的船、枝上的鸟、泥土中的小花小草、薄暮冥冥中一张张模糊而有生气的脸，把我牢牢地固定在画架前，再也没有想到与它分开。

然而，一九六六年那场突如其来的大动乱就像一个无法抗拒、从天而降的重锤，把我的世界砸得粉碎。一夜之间，千万人的命运发生骤变；千万个家庭演出了在书本里都不曾见过的怪诞离奇的悲剧。对于我，平时所留意的人的面容、姿态、动作变得毫无意义；摆在眼前的，是在翻来覆去的政治风浪里淘洗出来的一颗颗赤裸裸的心。它们无形地隐藏在人身上最不易发现的地方。有的比宝石还美，有的比魔怪还丑，世上再没有人与人、心与心的差距更为遥远的了。为了在这刀丛般的人事纠葛中间生存，现实逼着我百倍地留意、提防、躲闪；于是，往日那些山光水色、鸟语花香，美梦一般流散了。

天津海河边有个地方叫作挂甲寺。夏天里，偶然会有人游泳不慎淹死了，就被拖到岸边，等家人来认领。但在这期间，几乎天天都有人投河自尽，给人们用绑着铁钩的长杆钩上来，一排排陈列着。原有的两张席不够用，有的便露着不堪一睹的面孔。有老者，有青年，有腰间捆着婴儿一同殉难的妇女。我直怔怔望着这些下狠心毁掉自己的人，心想他们必有许多隐忍在心、难以抗拒的苦痛。还有一次，我看到一个悬梁自尽的人蹬倒的椅面上留着很多徘徊不定的脚印，我的心战栗了……每每此时，我便不自觉地虚构起他们生前的故事；当然这可能是与他们完全无关的虚构，但我平日在生活中的所见所闻、万千感受却自然而然地向虚构的故事中聚拥而来。当故事形成，在心里翻腾不已时，我便有一种强烈的表现欲。

开始，我只是把这些故事讲给至亲好友们听。为了安全，我把故事中的人物、地点、社会背景全换成外国的，当作一个旧的外国小说或电影故事。我的许多亲友听过这些故事。在文化一片空白的当时，他们以听我的故事为快事。我却以讲故事来发泄表现欲，排遣郁结心中的情感。我哪里知道，这就是我后来一些作品的雏形。

一个夜晚，外边刮着冷风。一位许久未见的老朋友突然跑到我家来。他不等我说什么，便一口气讲了他长长一段奇特的遭遇。我听着，流下泪，夹在手指间的烟卷灭了也不知道。这位朋友讲述他的遭遇时，带着一种神经质的冲动，我真担心他回去后会做出什么不够冷静而可怕的事来。他讲完了，忽然用激动得发颤的声音问我：

“你说，将来的人会不会知道咱们这种生活？这种处境？如果总这样下去不变，再过几十年，现在活着的人都死了，这不就得靠后来的作家瞎编？你说，现在有没有人把这些事写下来？那就得冒着生命的危险呀！不过，这对于将来的人总是有价值的……”

那是怎样一个时代呀！

我们都沉默了。烟碟里未熄的烟蒂冒着丝一般的烟缕，在昏黄的灯光里萦回缭绕。似乎我俩都顺着他这番话思索下去……从此，我便产生了动笔写的念头。

我把自己锁在屋里，偷偷写起来，只要有人叩门，我立即停笔，并把写了字的纸东藏西掖。这片言只语要是被人发现，就会毁了自己，甚至家破人亡，不堪设想。每每运动一来，我就把这些写好的东西埋藏在院子的砖块下边、塞在楼板缝里，或者一层层粘起来，外边糊上宣传画片，作为掩蔽，以便将来有用时拿温水泡了再一张张揭出来……但藏东西的人总觉得什么地方都不稳妥。一度，我把这些稿子卷成卷儿，塞进自行车的横梁管儿里。这车白天就放在单位里，单位整天闹着互相查找“敌情线索”。我总觉得会有人猛扑过去从车管儿里把稿子掏出来。不安整天折磨着我。终于我把稿子悄悄弄出来，用火点着烧了。心里立刻平静下来，跟着而来的却是茫然和沮丧。以后，我一发有了抑制不住的写的冲动时，便随写随撕碎，扔在厕所里冲掉；冬天我守着炉子写，写好了，轻轻读给自己听，读到自己也受感动时便再重读几遍，最后却只能恋恋不舍地投进火炉里。当辗转的火舌把一张张浸着心血的纸舔成薄薄的余灰时，我的心仿佛被灼热的火舌刺穿了。

在望不见彼岸的漫长征途上，谁都有过踌躇不前的步履。这是无效劳动，滥用精力啊！写了不能发表，又不能给任何人看，还收留不住，有什么用？多么傻气的做法！多么愚蠢的冲动！多么无望的希望！而我最痛苦的就是在这种忽然理智和冷静下来，否定自己行为的价值的时候。

我必须从自己身上寻找力量充实自己。于是，我发现，我是有良心的，我爱自己的祖国和人民，我是悄悄地为祖国的将来做一点点事呀！我还是有艺术良心的，没有为了追求利禄而去写迎合时尚、违心的文字。我珍爱文学，不会让任何不良的私欲而玷污了它……这样，我便再不毁掉自己笔下的每一张纸了。我下了决心，我干我的。不管将来如何，不管光明多么遥远，不管路途中间会多么艰辛和寂寞，会有多高的阻障，会出现怎样意外的变故。我至今还保存着一首诗。是当时自己写给自己的。诗名叫《路》：

人们自己走自己的路，谁也不管谁，
我却选定这样一条路——

一条时而欢欣、时而痛苦的路，
一条充满荆棘、布满沟堑的路。
一条宽起来无边、窄起来惊心的路，
一条爬上去艰难、滑下去危险的路。

一条没有尽头、没有归宿的路，
一条没有路标、无处询问的路。
一条时时中断的路，
一条看不见的路……

但我决意走这条路，
因为它是一条真实的路。

现在回想起来，这便是我走向文学之路最初的脚步了。

前年我在滇南，亚热带风情的大自然使我耳目一新。那些哈尼族人的大茅屋顶、傣族人的竹楼、苗族妇女艳丽的短裙，混在一片棕榈、芭蕉、竹丛、雪花一样飘飞的木棉和蓝蓝的山影之中，令我感动不已。不知不觉又唤起我画画的欲望。我回到家，赶忙翻出搁放许久的纸笔墨砚，待在屋里一连画了许多天，还拿出其中若干幅参加了美术展览。当时，一些朋友真怀疑我要重操旧业了。不，不，这仅仅像着了魔似的闹了一阵子而已。跟着，潜在心底的人物又开始浮现出来，日夜不宁地折磨我了。我便收拾起画具，抹净桌面，摆上一叠空白的稿纸……

是啊，我之所以离开至今依然酷爱的绘画，中途易辙，改从写作生涯，大概是受命运的驱使吧！这不单是个人的命运，也是民族、祖国、同时代人共同的命运所致。至于“命运”二字，我还不会解释，而只是深深感到它罢了。

1981.1.20

图书在版编目（C I P）数据

灵魂需要独处 : 冯骥才散文精选集 / 冯骥才著. -- 贵阳 : 贵州人民出版社, 2020.11
ISBN 978-7-221-16226-7

Ⅰ. ①灵… Ⅱ. ①冯… Ⅲ. ①散文集－中国－当代 Ⅳ. ①I267

中国版本图书馆CIP数据核字（2020）第169740号

书　　名	灵魂需要独处：冯骥才散文精选集 Linghun Xuyao Duchu：Fengjicai Sanwen Jingxuanji
著　　者	冯骥才
出 版 人	王　旭
责任编辑	郭予恒
封面设计	好天气工作室
出版发行	贵州出版集团　贵州人民出版社
社　　址	贵州省贵阳市观山湖区中天会展城会展东路 SOHO 办公区 贵州出版集团大楼（邮编：550081）
印　　刷	河北鹏润印刷有限公司
开　　本	840 毫米 ×1194 毫米　32 开
印　　张	8.75 印张
字　　数	166 千字
版　　次	2020 年 11 月第 1 版
印　　次	2020 年 11 月第 1 次印刷
书　　号	ISBN 978-7-221-16226-7
定　　价	55.00 元